MW01102306

Buch

Was lernen seine Kinder eigentlich in der Schule? Das fragt sich Wladimir Kaminer schon länger. Nun weiß er es: Sie lernen Latein. Zumindest seine Tochter. Zumindest zeitweise. Zumindest zwei Worte: »Salve Papa!« Damit ist Nicole mit ihrem Latein zwar bereits wieder am Ende, aber sie hat ja noch sieben Jahre Zeit bis zum passenden Abschiedsgruß. Inzwischen hat ihr Bruder bei eBay bereits einiges fürs Leben gelernt. Auf dem Schulhof versteigert er seine Lutscherbestände an den Meistbietenden, was dem stolzen Vater prompt eine Vorladung bei der Rektorin einbringt. Ja, man hat es nicht leicht als Erziehungsberechtigter in unserer Zeit. Aber Wladimir Kaminer tut sein Bestes, um dem Nachwuchs auf den rechten Weg zu helfen und erzählt auf hinreißend komische Weise von den Freuden des Familienlebens. Zu denen gehören neben dem Thema Schule auch das große Kaninchenprojekt, neue Interpretationen des Generationenvertrags, seltsame Mitbewohner, chaotische Kindergeburtstage und vieles mehr. Als Fazit bleibt dem Leser: »Populus gaudet et ridet« – das Volk freut sich und lacht!

Autor

Wladimir Kaminer wurde 1967 in Moskau geboren und lebt seit 1990 in Berlin. Er veröffentlicht regelmäßig Texte in verschiedenen Zeitungen und Zeitschriften und organisiert Veranstaltungen wie seine mittlerweile international berühmte „Russendisko". Mit der gleichnamigen Erzählsammlung sowie zahlreichen weiteren Büchern avancierte er zu einem der beliebtesten und gefragtesten Autoren Deutschlands. Alle Bücher von Wladimir Kaminer gibt es von ihm selbst gelesen auch als Hörbuch. Mehr Informationen zum Autor unter www.wladimir-kaminer.de.

Außerdem von Wladimir Kaminer lieferbar:

Russendisko. Erzählungen (54175) · Frische Goldjungs. Hrsg. Von Wladimir Kaminer. Erzählungen (54162) · Militärmusik. Roman (45570) · Schönhauser Allee. Erzählungen (54168) · Die Reise nach Trulala. Erzählungen (45721) · Helden des Alltags. Erzählungen (mit Fotos von Helmut Höge, 54183) · Mein deutsches Dschungelbuch. Erzählungen (45945) · Ich mache mir Sorgen, Mama. Erzählungen (46182) · Karaoke. Erzählungen (54243) · Küche totalitär. Das Kochbuch des Sozialismus (54257) · Ich bin kein Berliner. Ein Reiseführer für faule Touristen (54240) · Mein Leben im Schrebergarten (54270) · Es gab keinen Sex im Sozialismus. Erzählungen (54265) · Meine russischen Nachbarn. Erzählungen (gebundene Ausgabe, 54576)

Wladimir Kaminer

Salve Papa!

Mit Illustrationen
von Vitali Konstantinov

GOLDMANN
MANHATTAN

FSC

Mix

Produktgruppe aus vorbildlich
bewirtschafteten Wäldern und
anderen kontrollierten Herkünften

Zert.-Nr. SGS-COC-001940
www.fsc.org
© 1996 Forest Stewardship Council

Verlagsgruppe Random House FSC-DEU-0100
Das FSC-zertifizierte Papier *Holmen Book Cream* für dieses Buch
liefert Holmen Paper, Hallstavik, Schweden.

Meinen Kindern

Inhalt

Der Generationenvertrag

Unsere Wohnung ist kaum mehr zu erkennen, die neue Generation ist hier seit einigen Jahren am Werk. Die Pokémon-Karten werden regelmäßig aus der Waschmaschine gefischt, im Kühlschrank steht Aquarellfarbe, unter meinem Tisch versammeln sich kaputte Flugzeuge und auf dem Fernseher liegt eine Scheibe Wurst, die auf die Katze wartet, wie meine Tochter es ausdrückt. Die Möbel werden laufend aufeinandergestellt, um die Höhepunkte der Wohnung zu besteigen. Außerdem baut mein Sohn derzeit gerne Brücken. Um seine täglichen Routen durch die Zimmer zu erleichtern, will er mit einem Bügelbrett das Tal zwischen dem Klavier und dem Sofa überbrücken, wobei jedem Erwachsenen beim Anblick dieser rutschigen Brücke sofort klar ist: Sie wird nicht halten. Abgesehen davon hat Sebastian auf dem Klavier nichts verloren. Wie kann ich ihm das erklären?

Hier sollte eigentlich der Generationenvertrag in Kraft treten. Ich als belehrende Generation muss meiner moralischen und rechtlichen Verpflichtung nachkommen und der heranwachsenden Generation zurufen: Füße weg vom Bügelbrett, es wird nicht halten! Ich habe Erfahrung, ich war schon drauf, ich weiß es! Doch die heranwachsende Generation lehnt mein Wissen ab. Mit einer einzigen Handbewegung – »Stopp, Papa! Ich muss jetzt selbst!« – fällt die heranwachsende Generation mit großem Knall vom Bügelbrett, und das bereits zum dritten Mal innerhalb einer Woche.

Trotzdem wird der Generationenvertrag auch jetzt noch nicht akzeptiert. Die schlichte Erkenntnis, dass alles auf der Welt schon zig Mal von den Altvorderen geklärt wurde und in unzähligen Schriften, aber auch mündlich seit Anbeginn der Zeiten weitervermittelt wird – diese Tatsache wird nicht zur Kenntnis genommen. Jede Generation will alles aufs Neue klären, das von den anderen längst Erkannte noch einmal selbst herausfinden. Und wenn sie von anderen zu lernen bereit ist, dann ganz sicher nicht von den lieben Eltern. Von Skywalker und den Pokémons, von dämlichen Schulkameraden, später vielleicht von den bösen Jungs von MTV. Die, die uns lieben, können uns nicht erziehen. Sie sind dazu verdammt, uns zuzuschauen.

Oft kann ich nur raten, woher meine Kinder ihre Befehle zum Brückenbauen und zu anderem Quatsch erhalten. Sie können das doch unmöglich alles selbst erfunden haben. War es eine versteckte Stimme aus dem Fernsehen, für Erwachsene nicht hörbar? Während Eltern denken, ihre Kinder würden dem plüschigen kinderfreundlichen Winnie Puh zuschauen, werden gleichzeitig auf hohen Frequenzen, die für normal gewachsene Ohren nicht wahrnehmbar sind, Informationen gesendet:

»Nehmt sofort das Bügelbrett und stellt es zwischen dem Sofa und dem Klavier auf. Steht es schräg? Sehr gut! Und jetzt draufklettern!«

Und später, in der Pubertät, sagen andere Eltern, soll es sogar noch schlimmer werden.

Der Generationenvertrag scheitert am Kommunikationsproblem. Manchmal ist es eine richtige Qual, in einer Welt zu leben, die ständig verbessert wird. Die Häuser werden modernisiert, Straßen neu asphaltiert, Kinos vergrößert, alles wird besser, nur man selbst nicht. Im Schulhort ist man anscheinend auch diesem Verbesserungswahn zum Opfer gefallen. Eine neue fortschrittliche Idee kursierte kürzlich in unserem Bezirk: Man beschloss, den Kindern für ein paar Monate ihr ganzes Spielzeug wegzunehmen. Dadurch, so lautete die Botschaft, würden sie gezwungen, wieder ihre Phantasie einzusetzen, mehr miteinander zu kommunizieren, neue Spiele zu erfinden, und letztendlich würden sie dadurch zu besseren Menschen. Die Kinder ohne Spielzeug durften dann zum Beispiel in der Küche nach einem Eimer oder Kochtopf fragen, und wenn sie den Pädagogen plausibel erklären konnten, wofür sie die Dinge brauchten, bekamen sie sie auch. Wäre ich ein Kind in einem solchen Hort, hätte ich wahrscheinlich als Erstes nach Streichhölzern und Benzin gefragt, um Revolution zu spielen.

Die Idee der Spiele ohne Spielzeug brachte meine Tochter Nicole mit nach Hause. Zuerst spielten sie und ihr Bruder Sebastian Sport und schmissen dabei Kopfkissen im Wohnzimmer hin und her. Zu den wichtigsten Sportgeräten gehörte eine Flasche Mineralwasser, glaubte meine Tochter zu wissen. Die Flasche kippte natürlich um. Daraufhin fingen Nicole und Sebastian an, mit dem Mineralwasser den Boden aufzuwischen. Als ich sie dabei erwischte, war unser Wohnzimmer nicht mehr wiederzuerkennen.

»Wir spielen ›Der große Waschtag im Kinderheim‹«, verkündete meine Tochter. In ihren kleinen Plastiktöpfchen brachten die beiden immer neue Portionen Leitungswasser herbei und kippten sie auf den Boden. Danach zogen sie ihre Arbeitsklamotten an, nahmen unsere Bettlaken als Waschlappen und fingen an, das Wasser durch das Zimmer zu jagen.

»Sag bitte Mama«, befahl mir Nicole, »sie braucht im Wohnzimmer nicht mehr zu putzen. Nur vielleicht ein wenig staubsaugen. Und morgen nehmen wir uns dein Arbeitszimmer vor, außerdem werden wir auch noch alle Spiegel waschen, und dann wird in der Wohnung alles perfekt sauber sein.«

Als Hobbyerzieher sah ich mich total überfordert und dachte fieberhaft nach. Den Kindern den Arbeitseinsatz zu verbieten und die improvisierten Waschlappen wegzunehmen, wäre pädagogisch gesehen ein grober Fehler. Aber aufmunternd zuzusehen, wie sie konsequent die ganze Wohnung versumpften, hielt ich auch für falsch. Die Kinder waren in ihrem Arbeitseifer aber nicht mehr zu bremsen und trugen bereits ein zweites Eimerchen Wasser ins Schlafzimmer. Außerdem wollten sie ihren freiwilligen Einsatz von mir bezahlt bekommen, mit einem Mindestlohn von acht Euro fünfzig die Stunde.

»Hier, siehst du? Alles sauber! Also her mit dem Geld«, sagte meine Tochter. Anscheinend war dieses kapitalistische Preis-Leistungs-Verhältnis der wichtigste Teil des Spiels »Großer Waschtag im Kinderheim«.

»Weißt du«, sagte ich, »das Geld kannst du nur von Fremden verlangen, nicht aber von deinen eigenen Eltern. Deine Mutter und ich haben euch mehrere Jahre lang den Po abgewischt, ohne etwas dafür zu verlangen.«

Meine schlaue Tochter dachte kurz nach und sagte dann: »Na gut, dann können wir das gegenrechnen. Wie viel möchtest du fürs Powaschen?«

Ich wollte bei meinen Kindern nicht allzu billig wegkommen. »Tausendfünfhundert Euro im Monat für die ersten drei Lebensjahre!«

Das haute sie um. »So viel?«

»Dafür war ich aber rund um die Uhr im Einsatz, und das gleich für zwei«, erläuterte ich meinen Preis.

»Trotzdem zu teuer«, erwiderte mein Sohn.

Sie wollten mich runterhandeln. Diese verfluchte Erziehung machte mich fertig. Zum Glück kam meine Frau rechtzeitig nach Hause. Sie schluckte, als sie den Sumpf in der Wohnung sah, war aber pädagogisch wie immer unschlagbar.

»Ja«, sagte sie, »das ist sehr toll, dass ihr euch um Ordnung und Sauberkeit kümmert. Doch ihr müsst noch lernen, wie man richtig den Boden wischt. Erst einmal braucht ihr nicht so viel Wasser, zweitens haben wir die richtigen Waschlappen unter der Spüle.«

Sie zog sich um und fing an, den Kindern die Geheimnisse des Aufwischens zu erklären. Aus der Erziehungspflicht entlassen, ging ich mit der Zeitung in die Küche. Man hörte das Klappern von Eimern und leise Belehrungen. Da draußen entstand langsam eine bessere, eine saubere Welt mit strahlenden Kindern…

»Nur zu, macht weiter so«, murmelte ich erleichtert.

Warum geht alles so schnell kaputt?

Als wir vor zwei Jahren in eine neue Wohnung zogen, dachte ich ernsthaft darüber nach, eine Tischtennisplatte in meinem Arbeitszimmer aufzustellen. Heute bekomme ich nicht einmal mehr ein Schachbrett da rein. Das Boot ist voll – und nicht mit Blumen und Fanpost, sondern mit kaputten elektronischen Geräten: Rechner, Monitore, Telefone, Videorekorder... Letzte Woche verabschiedete sich sogar mein fast neuer DVD-Player! Dabei wirkte er noch so frisch und gesund. Man kann dafür natürlich leicht den Kindern die Schuld in die Schuhe schieben, die den DVD-Player laufend verwirrten, indem sie ihm eine Scheibe Jagdwurst statt eines Films reinschoben. Ich glaube aber eher, dass der

Kapitalismus schuld ist. Es fängt mit dem Überangebot an, das uns zickig und entscheidungsschwach macht. Frustriert blättert man in der endlosen Speisekarte der Konsumgesellschaft, die täglich dicker, poetischer und handgeschriebener wird. Wir können gar nicht wissen, was wir wirklich gerne hätten, denn diese Erkenntnis gewinnt man nur durch Vergleich.

Aber wer wagt es schon, alles Angebotene auszuprobieren? Dafür reicht kein Menschenleben aus. Um einen festen Standpunkt in diesem Meer des Angebots zu gewinnen, versuchen es viele mit Verzicht. Diese aufgeklärten Nonkonformisten senken ihre Bedürfnisse bewusst auf das Lebensnotwendige, zum Beispiel im Bereich der Hauselektronik: Sie sagen Nein zu Playgames. Sie sagen Nein zum Fernseher und noch mal Nein zum schnurlosen Irgendwas. Alles, was sie für ihre Freizeit brauchen, ist ein kleiner Laptop mit CD-Brenner sowie ein Handy mit eingebautem Fotoapparat, vielleicht noch ein DVD- oder MP3-Player für unterwegs und basta!

Für den Kapitalismus ist eine solche Askese ein harter Schlag. So kann er nicht arbeiten, das Kapital zirkuliert dabei nicht richtig, und die ganze Ökonomie gerät ins Stocken. Der Kapitalismus muss den zickigen Konsumenten fest an sich binden, ihn abhängig von seinen immer neuen Waren machen. Also produziert er schlechte Waren, die gut aussehen, aber schnell kaputtgehen. Bestimmt wäre es bei dem heutigen Stand der Technik ein Klacks, ewig haltende Videorekorder aus Stahl in jeder Wohnung zu installieren, große Fernseher in die tragenden Wände einzubetonieren und einen zweiundsiebzig Jahre dauernden Film laufen zu lassen als ultimativen Kick für das ganze Leben: immer spannend, immer humorvoll, vor zwanzig Uhr süß und kinderfreundlich, zur späten Stunde ungemein erotisch – ein Film für alle, ein Quotenkiller, mit täglichem Happyend, konkurrenzlos. Der Sozialismus hätte es bestimmt so gemacht.

Aber sein schlauer Widersacher ist an solchen Glanzleistungen gar nicht interessiert. Stattdessen verkauft der Kapitalismus Zeichentrickfilme auf DVD gleich in zehn Sprachen, meistens in solchen, die kein Schwein versteht. Dieses Überangebot hat zur Folge, dass meine Kinder sich ihre Zeichentrickfilme bevorzugt auf Finnisch oder Japanisch reinziehen, nachdem sie die deutsche Fassung bis zum Überdruss genossen haben. Das eine Kind schreit neuerdings gerne »Hoschimori!« und behauptet, es heiße auf Japanisch: »Der Zug kommt«. Das andere Kind behauptet, das wäre finnisch und würde »Ich liebe dich« bedeuten. Oft stecken sie gleich zwei Filme übereinander in den DVD-Player, drücken auf alle Knöpfe gleichzeitig oder versuchen, das Innere des

Geräts mit einem Strohhalm (»Tschassiro« auf Japanisch) zu untersuchen. Jetzt ist der Player, wie gesagt, kaputt. Mancher wird sagen, die Kinder seien daran schuld. Ich denke aber doch: Es ist der Kapitalismus.

Kleine Männer

Wir Männer haben es nicht leicht, uns in einer weiblich dominierten Gesellschaft zu behaupten, besonders wenn wir noch klein sind und in die Grundschule gehen. Wenn ich meinen Sohn beobachte, wie er in seiner überwiegend von großwüchsigen Mädchen beherrschten Klasse 3A schwitzt, dann möchte ich nicht in seiner Haut stecken. Jede Woche berichtet eine andere meinungsbildende Zeitschrift, das männliche Chromosom sei bloß ein skurriles Abbild des weiblichen, ein Irrtum der Natur, für die erfolgsorientierte Fortpflanzung nicht wirklich notwendig – die pure Genombeschmutzung.

Im Fernsehen wird das Aussterben des männlichen

Geschlechts stellvertretend anhand von Tierfilmen prophezeit. Frösche, Vögel, Insekten. Die Männchen werden von den Weibchen aufgefressen oder bleiben noch auf dem Wege zur Braut irgendwo hängen. Besonders abstoßend finde ich die Dokumentation über alte Krokodile, die sich nicht mehr vermehren können, obwohl sie sich von weiblichen Krokodilen noch durchaus angesprochen fühlen. Nur haben sich im Laufe der Evolution ihre Geschlechtsorgane so unglücklich verkrümmt, dass sie nicht mehr zu den modernen Krokodilweibchen passen. Ich nehme solche Filme immer sehr persönlich. Ich frage mich, was das Ganze soll. Was will uns der Filmemacher damit sagen? Jede Woche diese alten Krokodile – zum vierten Mal in Folge –, und jetzt auch noch Merkel.

Eine unterschwellige Hetzkampagne gegen Männer ist im Gange. Das fängt schon in der Schule an. Dort ist der Druck auf die heranwachsenden Männer bereits enorm hoch. Sie müssen ständig den bösen Buben, den Hooligan abgeben, Fußbälle in Fenster kicken, einander auf dem Hof verhauen, Mädchen an den Zöpfen ziehen. Das fällt einem heranwachsenden Mann nicht leicht. Erst recht, wenn die Mädchen in der Mehrzahl sind und meistens einen Kopf größer und zehn Kilo schwerer. Trotzdem werden sie als das zarteste Glied der Evolutionskette behandelt. Wenn ihnen etwas gelingt, werden sie in den Himmel gelobt, wenn sie etwas nicht können, werden sie entschuldigt. Die Jungs dagegen stehen immer auf der Kippe. Ein falscher Schritt, und du wirst als Versager abgestempelt.

Bei meinem Sohn war es der Schwimmunterricht, der ihn aus der Fassung brachte. Als Junge darf er keine Angst vor dem Wasser haben, er muss immer der Beste sein, oder gar nicht erst antreten. Zuerst war er mit der »Seepferdchen«-Übung im flachen Wasser nicht klargekommen, dann war er eine Woche krank, und danach hatte er erst recht keine Lust mehr.

Auch bei seinem ersten Religionsunterricht ging nicht alles glatt. So deutete er zum Beispiel die Geschichte von Jesu Geburt völlig falsch. In seiner Darstellung spielte der Esel die herausragende Rolle. Alles drehte sich um den Esel, der mit einer schwangeren Frau unterwegs war und nicht wusste, wohin damit. Er lief wie ein Wilder durch die Gegend und bekam dauernd verwirrende Ratschläge von fremden Menschen erteilt. In der Nacherzählung meines Sohnes war eigentlich der Esel Gott. Und so wie diesem biblischen Esel geht es heute auch dem modernen Mann: Er läuft ins Nirgendwo, während alle anderen auf seinem Rücken sitzen und ihn dazu noch unentwegt hänseln.

Zu meiner Schulzeit gab es noch keinen Religionsunterricht. Damals saß der Schnurrbart noch am richtigen Fleck. Mindestens die Hälfte des Schulpersonals war männlich, und in unserer Klasse gab es immer genauso viele Jungen wie Mädchen. Ich weiß bis heute nicht, wie diese Gleichzahl im Sozialismus geregelt wurde. Ob die Staatsmacht zum Beispiel überflüssige Geschlechtsgenossen abtreiben ließ und beim unterzähligen Geschlecht extra nachhakte. Auf jeden Fall war immer ein geschlechtliches Gleichgewicht gewährleistet, zumindest in meiner Schule N 701.

Neulich holte ich Sebastian vom Unterricht ab. Er saß auf dem Schulhof, ziemlich allein, hatte eine Beule am Kopf und die Hosentaschen voller Sand. Das sei kein Sand, sondern Lava, erklärte Sebastian. Er habe Vulkanausbruch gespielt.

»Es gibt zwei Dutzend Schüler in deiner Klasse. Warum musst immer du der Vulkan sein?«, regte ich mich auf.

Der Vulkan sei Marie-Luise gewesen, er habe lediglich den Ausbruch spielen wollen, verteidigte sich Sebastian. Doch sein Freund Peter habe ihn geschubst und sei früher ausgebrochen. Marie-Luise habe ihn daraufhin megastark verhauen, und jetzt seien sie ein Paar.

Mein Sohn hat eine eigene Zeitrechnung. Alles, was war, ist Vergangenheit, sagt er, alles, was kommt, ist Zukunft. Und alles dazwischen ist Mittelalter. In diesem Mittelalter haben Männer Kommunikationsprobleme, wenn es um die Annäherung an das andere Geschlecht geht. Und je kleiner die Männer sind, desto größer die Probleme. Ein Mann braucht Randale, um jemanden kennen zu lernen. Beim Randalieren kann er seine Qualitäten am besten entfalten. Eine sichere Nummer wäre zum Beispiel, ein Mädchen zu verhauen, um sich dann als Schutz vor sich selbst anzubieten.

In der Vergangenheit waren Mädchen leichte Beute für derartige Kommunikationsversuche. Man zog einfach an ihren langen Zöpfen, und schon war die Kommunikation hergestellt. Mädchen trugen lange Kleider, gingen nicht zum Karate- oder Judounterricht, und sie spielten nicht Fußball. Man schubste sie ein bisschen auf dem Hof, und schon war die Kommunikation da. In unserem heutigen Mittelalter aber sind lange Kleider und Zöpfe aus der Mode, weil die Eltern zu faul sind, Kleider zu bügeln und Zöpfe zu flechten. Die Mädchen des heutigen Mittelalters bieten keine Angriffsfläche mehr. Sie nehmen am Kampfsportunterricht teil, sie kicken Bälle in Fenster, sie können Fahrrad fahren und jonglieren. Sie sind außerdem noch aus einem rätselhaften Grund fast immer einen Kopf größer und zehn Kilo schwerer als die Jungs und können jeden verdreschen.

Eine Frage an die Wissenschaft: Wäre es nicht möglich, eine Zopfflechtmaschine zu entwickeln? Ist unser

Mittelalter nicht gerade das Zeitalter der großen Entdeckungen, die uns das Leben erleichtern? Es wurden flüssige Tapeten erfunden, elektrische Nasenbohrer von Tchibo und beheizte Klobrillen. Der Weg zum absoluten Menschenglück nimmt durch diese Errungenschaften eine gewaltige Abkürzung. Es gibt sogar schon Hundefutter, das Hundescheiße leuchten lässt, damit der Mensch im Dunkeln nicht hineintritt. Aber es gibt noch immer keine Zopfflechtmaschine, die, auf jedem Schulhof installiert, die Kommunikationschancen der heranwachsenden Generation wesentlich verbessern würde. Mein Kind sucht derzeit unermüdlich nach neuen Wegen zum Vulkan. Er überredete mich, ihm eine präparierte Vogelspinne unter Glas auf dem Flohmarkt zu kaufen. Der Preis für diesen ausgetrockneten Kinderalbtraum war hoch: zwei Wochen ohne Computer und ohne Fernseher. Er ist trotzdem darauf eingegangen, denn er verband große Hoffnungen mit dem Insekt. Er nahm es mit in die Schule und erschreckte erst alle Kinder auf dem Schulhof, dann zeigte er die Spinne Marie-Luise und sagte, sie brauche keine Angst zu haben, solange er alles unter Kontrolle habe. Jetzt sind sie ein richtiges Paar.

Die Schreibkatze

Die Idee, unserem intelligenten Hauskater Fjodor die Möglichkeit zu geben, stellvertretend für alle Katzen der Stadt eine Kolumne zu verfassen, diesen Gedanken hatten wir schon lange. Die Chefredakteure des deutschen Feuilletons riefen bereits an: »Wann schreibt nun der Kater?«, fragten sie besorgt. Fjodor war ein idealer Kandidat für den ersten Katzenkolumnisten: Er sieht ziemlich durchgeknallt aus, hat einen Bart und ist dem berühmten russischen Schriftsteller Fjodor Dostojewski ähnlich. Er hat längst meinen Schreibtisch zu seinem Lieblingssitz auserkoren und setzt sich immer genau dazwischen: zwischen Mensch und Monitor. Wenn der Mensch eine Pause macht, um in der Küche eine

Zigarette zu rauchen oder aufs Klo zu gehen, springt Fjodor heimlich auf der Tastatur herum. Ich habe ihn zwar noch nie dabei erwischt, aber schon öfter seine Ergüsse auf dem Monitor gelesen. Keine Frage, der Kater ist nicht dumm und hat bestimmt einiges zu erzählen. Er kann nur nicht richtig tippen. Auch seine Sprache ist karg. Mühsam haben wir innerhalb eines Jahres diese Katzensprache gelernt, in dem wir ihm ständig Fragen stellten. Es war wie ein endloses Katzen-Quiz mit kiloweise Katzenfutter, das es zu gewinnen galt. Nun wissen wir aber Bescheid. Wer denkt, hinter dem ständigen Miauen ließen sich Berge von Intellekt entdecken, der wird enttäuscht sein. Einmal »Miau« heißt »Nein!«, zweimal »Vielleicht später …«, und dreimal »Miau« hintereinander bedeutet so viel wie »Na klar!«.

Ich dachte, vielleicht kann mir der Kater seine Kolumne diktieren, wie es sein berühmter Namensvetter, der Schriftsteller Dostojewski, oft tat. Er war ein temperamentvoller Mensch; seine Gedanken flossen schneller, als seine Hand sich bewegen konnte. Wenn er eine neue Idee zu einem Roman hatte, flogen die verschmierten Blätter nur so durch die Wohnung. Sie wurden von seiner Sekretärin sorgfältig gesammelt und abgetippt. Später verzichtete Dostojewski gänzlich auf die Blätter und diktierte nur noch; die Sekretärin tippte, und so ging es viel schneller. Der freie Lauf seiner Phantasie war durch nichts mehr zu bremsen, er sprach und stotterte und stotterte und sprach. Doch die Sekretärin war noch schneller. Sie hatte den ersten und den zweiten Preis beim Schnelltipp-Wettbewerb gewonnen. »Und wie weiter?«, fragte sie gelangweilt. Das machte den Schriftsteller wahnsinnig. Er gab aber nicht auf, sondern lernte die Gebärdensprache, um sich beim Diktieren zu behelfen. Er diktierte und diktierte und heiratete schließlich die Sekretärin, damit er auch nachts diktieren konnte. Aus diesem Bündnis entstanden dreißig Bücher und vier Kinder.

Also setzte ich mir den Kater auf den Schoß und sagte: »Erzähl mal! Ich werde für dich tippen.«

Er wurde auf einmal ganz bescheiden. »Nein«, miaute er, »vielleicht später.«

Dann schloss er seine blauen Augen und erstarrte. In dieser Pose verbringt der Kater die meiste Zeit seines Lebens. Nur manchmal, wenn er merkt, dass die Wohnungstür offen ist, rennt er im Galopp ins Treppenhaus und die Treppe hoch Richtung Dachgeschoss, denn dort im vierten Stock wohnt eine dicke sterilisierte Tussi, die ihm seinen armen Katzenkopf total verdreht hat. Sie macht aber nie auf.

»Komm sofort runter, Fjodor!«, rufe ich ins Treppenhaus.

»Nein«, miaut er, » vielleicht später.«

»Dann komme ich jetzt hoch!«, rufe ich beschwö-
rend.

»Na klar!«, antwortet er.

Manchmal im Sommer, wenn er auf dem Balkon in
seinem Klappstuhl schläft, zuckt er und grabscht mit
den Pfoten, als würde er ganz schnell etwas eintippen –
einen Liebesroman oder eine Novelle, ein Gedicht an
die dicke sterilisierte Tussi aus dem vierten Stock. Dabei ist er noch leidenschaftlicher als sein Namensvetter und schneller als dessen Sekretärin. Im Traum ist
Fjodor ein großer Dichter. Wenn er aufwacht, ist er ein
riesengroßer Kater, eine Burmakatze mit schickem Fell
und runden blauen Augen.

»Guten Morgen, Kollege«, sage ich dann zu ihm.
»Lust auf Wurst?«

»Nein«, sagt er. »Vielleicht später.«

»Na klar.«

Der Flaschenfisch

In letzter Zeit merke ich immer öfter, dass in unserer Wohnung außer den Kindern, meiner Frau, den Katzen und meiner Schwiegermutter auch noch ganz andere Gestalten leben. Und damit meine ich nicht die Holzkäfer, die wir schon alle namentlich kennen. Am helllichten Tage diese Gestalten zu treffen, ist unmöglich, sie verstecken sich meisterhaft, und wenn sie Kontakt aufnehmen, dann nur mit Minderjährigen, nicht mit mir. Zum Glück geben die Kinder gerne ihre Geheimnisse weiter, man muss sie nur reden lassen. Auf diese Weise weiß ich, was bei uns zu Hause läuft.

Neulich erzählte mir meine Tochter von Fischen, die bei uns wohnen. Davon wusste ich bisher rein gar

nichts. Zum Beispiel vom Flaschenfisch. Der Flaschenfisch lebt in einer Flasche und sieht auch selbst aus wie
eine. Deswegen kann der Flaschenfisch niemals aus der
Flasche herausfallen. Am liebsten lebt der Flaschenfisch
in den kleinen Cola-Flaschen, die ich manchmal kaufe.
Er ernährt sich auch von dem Getränk. Der Flaschenfisch säuft Cola wie ein Loch. Er säuft und säuft und
kann deswegen nicht aus der Flasche herausfallen. Aber
der Flaschenfisch ist unsichtbar, deswegen kann ihn niemand sehen. Man denkt nur, was ist denn da los? Wo ist
meine Cola? Ich habe gerade eine Flasche aufgemacht,
und schon ist sie leer? Wie kann das sein? In Wirklichkeit aber ist die Flasche nicht leer, der Flaschenfisch
ist da drin und hat alles ausgetrunken. Und wenn man
eine neue Flasche aufmacht, schlüpft er sofort hinein.
Der Flaschenfisch kann ohne Cola nicht leben.

Es gibt noch andere Fische in unserer Wohnung. Den
Herzfisch zum Beispiel. Er hat die Form eines Herzens,
nur mit einem kleinem Schwänzchen hinten dran. Der
Herzfisch ist sehr sympathisch und absolut harmlos.
Er kann eigentlich überall leben, wohnt aber am liebsten im Klo. Wenn die Menschen auf die Toilette gehen,
versteckt sich der Herzfisch; erst wenn sie rausgehen,
taucht er wieder auf und schwimmt in der Toilette herum. Auf diese Weise schützt sich der Herzfisch vor den
Menschen, wenngleich er weiß: Selbst wenn man ihn

fängt, wird man ihn nicht essen, weil er nach Toilette riecht. Aber manchmal fühlt sich der Herzfisch total isoliert. Er hat in der Toilette keinen Freund, mit dem er reden könnte. Deswegen kann man manchmal nachts hören, wie er leise mit sich selbst spricht – das heißt wenn man das Licht nicht anmacht und ganz nahe an der Schüssel steht. Der Herzfisch spricht mit unterschiedlichen, verstellten Stimmen.

»Ist es das, was du wolltest? Jetzt hast du den Salat!«, sagt die eine Stimme.

Und die andere Stimme stöhnt: »O mein Herz, mein Herz!«

Der dritte Fisch in unserer Wohnung ist ein Trockenfisch. Er liegt auf dem Schrank. Der Trockenfisch ist sehr alt. Ihn hat noch unser Großvater geangelt und ausgetrocknet zur Erinnerung an seine Angelleistung. Unser Großvater erzählte, dass der Trockenfisch früher noch gar nicht trocken, dafür aber riesengroß war. Man hatte nicht einmal so lange Arme, um zeigen zu können, wie riesengroß er war. Dann aber, als er zu trocknen anfing, wurde er immer kleiner und kleiner, bis er so klein wurde, wie er heute ist. Klein und so dünn wie ein Streichholz. Manche Besucher behaupten, dass der Trockenfisch niemals ein normaler Seefisch war. Er sei von dem Großvater gar nicht aus dem Wasser gezogen, sondern in einem Geschäft gekauft worden, um alle zu täuschen. Auf jeden Fall sieht er sehr böse aus. Er hat noch immer zwei Zähne im Maul, und mit diesen Zähnen knirscht er manchmal nachts. Er weiß, dass die Zeit unaufhaltsam fortschreitet und er immer kleiner wird, um eines Tages gänzlich zu verschwinden.

Internationalismus mit multikulturellem Hintergrund

Je globaler die Welt, desto wertvoller erscheinen die kleinen Abweichungen, die uns voneinander unterscheiden. Jeder braucht heute eine eigene kulturelle Tradition, um sich gegen die totale Kultur zu behaupten. In einer Großstadt wie Berlin, in der die Mehrheit der Bevölkerung aus Zugezogenen besteht, hat beinahe jeder einen anderen Hintergrund – sei es ein Dorf im Allgäu, einen Weinberg in Franken oder eine gut gemistete Wiese in Brandenburg. Wenn man gar keinen multikulturellen Hintergrund hat, quasi eine Berliner Bulette in zwölfter Generation ist, so kann man sich noch immer irgendetwas ausdenken. Zwei Winter hintereinander in Solarien verbringen, Räucherstäbchen im Gästezimmer aufstellen und bei jeder Gelegenheit von seiner indischen Oma erzählen. Noch einfacher ist es, sich einen Russen in die Familie zu dichten und mit ruhigem Gewissen jeden Abend einen zu kippen – nichts zu machen, schlechtes Erbgut.

Haste einen multikulturellen Hintergrund? Diese Frage wird allenthalben zu einer Sache der Selbstbehauptung. Die Kinder prahlen bereits in der Schule mit ihrem multikulturellen Hintergrund. Gut, Kinder geben gerne an, sie prahlen mit allem, was ihnen zur Verfügung steht, und viel ist es nicht.

»Komm, Orhan, ich zeig dir die Muckis von meinem Vater«, hörte ich neulich meinen Sohn auf dem Schulhof sagen.

»Fass sie an, Orhan!«, forderte mein Sohn einen mir unbekannten Jungen auf, mich anzufassen.

Ich wäre vor Scham fast im Boden versunken. »Du darfst nicht mit meinen Errungenschaften auf dem Schulhof hausieren gehen«, warnte ich Sebastian, führte jedoch Orhan brav meine Muckis vor. Er zeigte sich ganz und gar unbeeindruckt.

»Mein Vater«, sagte er gewichtig, »hat Haare an den Beinen, die sind so lang!«

Er zeigte dabei eine Haarlänge, die seinem Vater eine freie Bewegung auf den Berliner Straßen ganz sicher unmöglich gemacht hätte.

»Das ist lächerlich«, sagte ich zu meinem Kind. »Muckis, Haare – entscheidend ist doch nur der Intellekt. Lass uns nach Hause gehen, Filme angucken.«

Sebastian fand aber den Vorteil des haarigen Vaters gar nicht lächerlich. Er sah mich kritisch an auf der Suche nach etwas, was er dem haarigen Vater entgegensetzen könnte. Er fand aber nichts und gab auf. Der Sohn des haarigen Vaters lächelte – ein Siegerlächeln. Wir verließen den Schulhof, diesen Jahrmarkt der Eitelkeiten. Wenig später prahlten die Kinder in der Mittagspause mit ihrer Identität.

»Ich bin Russe«, behauptete Sebastian.

»Ich bin Serbe«, sagte Miloslav.

»Ich bin Schwabe«, rief Peter.

»Und ich bin Türke«, verkündete Orhan stolz.

»Das ist aber ganz schlecht«, klärte ihn Sebastian auf. »Denn auf die Türken ist kein Verlass.« Das habe er aus einem dicken Buch von seinen Eltern vorgelesen bekommen und später in einem gleichnamigen Film mit eigenen Augen gesehen.

Am nächsten Tag war in der Schule großes Drama. Ich wurde von Sebastians Klassenlehrerin aufgehalten. Der Vater von Orhan war natürlich auch anwesend. Er bewies außerordentliche Beherrschung, obwohl sich ihm wahrscheinlich sämtliche Beinhaare sträubten. Höflich erkundigte er sich, welche rassistische Schweineliteratur bei uns den Kindern vorgelesen werde, in der stehe, dass auf Türken kein Verlass sei.

Ich wäre beinahe vor Scham im Boden versunken – zum zweiten Mal innerhalb einer Woche. Die Kinder weinten, die Klassenlehrerin brannte mir mit ihren Brillengläsern Löcher ins Hemd. Der sportliche Vater von Orhan wird mich wahrscheinlich draußen gleich verkloppen und das zu Recht, dachte ich. Ich fühlte mich äußerst unwohl. Innerhalb von zehn Minuten hatten wir jedoch festgestellt, welches Buch Sebastian vorgelesen bekommen und welchen Film er gesehen hatte. Es war *Der Herr der Ringe*! Dort sagte einer der Helden, auf Orken sei kein Verlass. Sebastian hatte die Türken mit Orken verwechselt. Wir sind fürs Erste im Guten auseinandergegangen, ohne Klopperei. Türken gut, Orken schlecht.

Zu Hause leistete ich Aufklärungsarbeit. Die Menschen unterscheiden sich nicht durch ihre Nationalität oder Hautfarbe, sondern nur in ihren individuellen Eigenschaften, erklärte ich. Die Tugenden, die Taten zählen und nicht ein multikultureller Hintergrund, den es nur zum Angeben gibt. Die Kinder nickten. Ich erzählte weiter und dachte dabei über Rassismus nach, wie tief er sitzt, diese Ausgrenzung und Erniedrigung des anderen um jeden Preis. Oft wirkt er überhaupt nicht böse, sondern im Gegenteil nett, naiv, beinahe sympathisch. Und trotzdem ekelhaft. Ich dachte an meine Lesereisen – sechzehn Jahre in Deutschland unterwegs, hier alt geworden, aber oft, wenn ich in einer kleinen westdeutschen Weinkolchose eine Lesung habe, kommen irgendwelche Hobbits aus dem Publikum zur Bühne, um mich »herzlich bei uns in Deutschland« willkommen zu heißen. Manchmal fragen sie: »Wie gefällt es Ihnen bei uns in Deutschland?«, oder sie schenken mir eine Packung Gummibärchen und wünschen »einen guten Aufenthalt in Deutschland«.

»Wie gefällt es denn Ihnen eigentlich bei uns in Deutschland?«, könnte ich sie zurückfragen, tue es aber nicht, um die Menschen nicht zu verwirren, die sich so weltoffen und tolerant geben. Sie kommen in der tiefsten Überzeugung auf mich zu, dass nur sie allein Deutschland sind und alles um sie herum dichter Wald. Der Begriff der Toleranz geht hier immer von einem Überlegenheitsgefühl aus, immer von einer herrschenden Kultur, die eine andere »toleriert« oder tolerieren sollte, ohne ihr Dominanzempfinden dabei auch für Sekunden infrage zu stellen – im Gegenteil! Toleranz ersetzt in der globalen Welt die Gastfreundschaft.

Ich bedanke mich artig, fahre weiter und stecke die Gummibärchen ein – auf manche Hobbits ist wirklich kein Verlass.

Adam und die Affen

Aufmerksame Eltern wissen, dass man heutzutage die Bildung des Nachwuchses nicht blind der Schule überlassen darf. Deswegen lassen wir keine Frage unserer Kinder unbeantwortet. Als unsere Tochter wissen wollte, woher die Menschen kommen, erzählte ihr ihre Mutter die Geschichte von Adam und Eva, wie sie sich im Paradies kennen lernten, die Frucht vom Baum der Erkenntnis aßen und dafür Paradiesverbot bekamen.

Ich ergänzte, dass natürlich nicht alle Menschen von Adam und Eva abstammen, einige andere wurden von Außerirdischen als Pilzsporen durch einen Aal geschleust. Dann gab es noch die Mikroorganismen, die auf Meteoriten unter extrem hohen Temperaturen auf die Erde prallten und sich später zu Menschen entwickelten. Außerdem gibt es noch die, die von Störchen gebracht werden und die, die man im Kohlfeld findet. Nicht zu vergessen eine ganz neue Sorte, die Klone – wie unser Hausmeister, der wahrscheinlich aus Schaf Dolly geklont wurde.

»Im Grunde hat jeder Mensch einen individuellen Ursprung, du kannst dir einen auswählen«, erklärte ich meiner Tochter.

Von allen Ursprüngen gefiel Nicole am besten der mit dem Paradies. Sie erzählte also die Geschichte von Adam und Eva in der Schule und wurde daraufhin von den anderen Mädchen in der Klasse ausgelacht. Das sei doch alles Quatsch, behaupteten sie. Wir Menschen stammen alle von Affen ab, so wurde es ihnen im Fach Lebenskunde erklärt. Um ihrer These mehr Autorität zu verleihen, fragten die Mädchen die Klassenlehrerin, die dann auch ihre Affenherkunft sofort bestätigte. Zum Glück wusste unsere Tochter von den unterschiedlichen Möglichkeiten menschlicher Herkunft und gab nicht klein bei.

»Vielleicht stammt ihr von Affen ab«, sagte sie selbstbewusst, »ich aber von Adam und Eva.«

Als sie uns zu Hause diese Geschichte erzählte, wunderte ich mich, dass ausgerechnet die verstaubte Affentheorie Eingang in die Bildungsstätte gefunden hatte, obwohl sie die dümmste von allen ist. Mit einem einzigen Besuch im Zoo kann man sie widerlegen. Dort sitzen etliche Affen hinter Gittern, die nicht einmal ansatzweise bereit sind, sich in irgendetwas zu verwandeln. Selbst in meiner unaufgeklärten sowjetischen Heimat glaubte niemand an diesen Unsinn. Doch die Affentheorie, mit der ein gleicher Ursprung für alle postuliert wird, passt wie angegossen zum neuen Europa, diesem Superstaat der Großkonzerne, der den alten Nationalstaat immer stärker bedrängt und alle Völker austauschbar und so tatsächlich zu Affen macht. Es ist ganz gleich, ob ein Deutscher oder ein Chinese am Fließband steht, wichtig sind allein die niedrigen Produktionskosten und die hohen Gewinne. Eine neue kosmopolitische Identität wird bereits seit Jahren von den dafür zuständigen Soziologen ausgearbeitet. Die Menschen wehren sich dagegen, in dem sie ganz affig immer neue miese Nationalismen entwickeln: Den Nachbarn treten, um die eigene Einzigartigkeit zu behaupten, lautet die Parole.

Neulich verbrachte ich zwei Tage an der Nordsee, am trostlosesten Strand Deutschlands, wo es außer Matsch und fünf Strandkörben nichts gab. Sogar das Wasser haute bei Ebbe regelmäßig ab. Dort im Regen verkauften die Einheimischen auf dem Flohmarkt ihre handgemachten Lammfelle. Ich machte den Fehler, an einem Fell zu riechen.

»Ich weiß, was Sie denken«, reagierte die Verkäuferin sofort. »Die polnischen, die stinken! Aber das hier ist deutsche Qualität, richtige Verarbeitung! Das können die Polen nicht! Oder? Sind Sie etwa aus Polen?«

Die Frau testete mich, um meine Herkunft herauszufinden.

»Nein, nein ich bin nicht aus Polen«, sagte ich und misstraute mir dabei selbst.

Zwei Tage später in Berlin suchte ich eine günstige Flugverbindung nach Moskau. Die Angestellte von der teuren Lufthansa sagte leise zu mir: »Sie können natürlich auch mit Aeroflot reisen, aber deren Piloten fliegen alle auf Heroin.« Ich grunzte laut und vermasselte so die Fortsetzung dieses vertraulichen Gesprächs.

Am schlimmsten ist es jedoch, Zahnärzte in den verschiedenen Ländern zu besuchen. Die russischen sind immer entsetzt, wenn sie einem Patienten aus Deutschland in den Mund schauen und ziehen sofort alles, was der deutsche Kollege dort aufgebaut hat. Die deutschen Ärzte kratzen im Gegenzug voller Angst die russischen Füllungen heraus. Wenn es so weitergeht, haben wir bald überhaupt keine Zähne mehr.

Der Tag danach

Jeder Erziehungsberechtigte weiß, wie wichtig es für Kinder ist, dass sie nicht nur mit ihren Altersgenossen, sondern auch mit älteren Menschen Kontakt haben. Mit ihren Eltern und Großeltern zum Beispiel. Auf diese Weise werden sie auf die Erwachsenenwelt vorbereitet, damit sie wissen, dass es auch ein Leben nach der Kindheit gibt – kein einfaches Leben, aber eins, das durchaus auch Spaß machen kann. Deswegen luden wir zum diesjährigen Kindergeburtstag viele Eltern ein. Damit sie nicht verstockt herumstanden, sondern hemmungslos zur Kindermusik tanzten, hatten wir viel Alkohol eingekauft und gutes Essen vorbereitet.

Es wurde ein lustiger Abend, der sich dann in eine

wilde Nacht und schließlich in einen nachdenklichen
Morgen verwandelte, den ich damit zubrachte, zu versuchen, die Ereignisse des Kindergeburtstages zu re-
konstruieren. Trotz aller Anstrengungen blieben viele
Fragen offen. So konnte man zum Beispiel das Fenster
im Gästezimmer bis dahin immer wahlweise horizon-
tal oder vertikal öffnen. Jetzt ging nur noch beides auf
einmal, egal, wie man es anstellte. Nicht weniger ge-
heimnisvoll waren die Spuren von Katzenfutter, die sich
durch die ganze Wohnung zogen. Vermutlich war ein El-
ternteil in den Teller mit Katzenfutter getreten und hatte später versucht, seine Schuhe sauber zu bekommen,
indem er oder sie das Zeug an der Tapete des Gästezim-
mers abstreifte. Von dort aus zogen sich die Spuren bis
zum Balkon, wo sie zunächst endeten, sich dann aber
im Korridor fortsetzten. War etwa der Ins-Katzenfut-
ter-Treter vom Balkon gesprungen und durch die Wohnungstür wieder hereingekommen?

Die Kartoffelklöße in der Schreibtischschublade hatte ich vermutlich selbst dort hineingelegt, weil die Katzen mit ihnen spielen wollten. An die Lebensmittel unter meinem Schreibtisch konnte ich mich jedoch nicht
erinnern. Ziemlich eklig sah auch die Kinderdisko-CD
aus: Sie war vollständig mit Wachs übergossen, so als
hätte sie jemand mit einer veralteten Technologie raub-
kopieren wollen. Mit etwas Mühe ließ sich auch dieses

Phänomen erklären. Der umgekippte Kerzenständer auf dem CD-Player war schuld: Das Wachs war durch das Gerät getropft und hatte sich gleichmäßig auf der Scheibe verteilt.

Was sich aber überhaupt nicht erklären ließ, war die Kiste Becks-Bier auf dem Balkon. Ich war mir absolut sicher, sie niemals gekauft zu haben. Ich hatte zwei Kisten tschechisches Bier für die Party besorgt, die plötzlich verschwunden waren. Die einzige plausible Erklärung dafür war, dass die Becks-Kiste vom Balkon über uns heruntergefallen war, weil unsere Nachbarn ebenfalls einen Kindergeburtstag gefeiert hatten. Nach dieser Theorie müssten aber unsere beiden Kisten von unten nach oben gesprungen sein, was den Gesetzen der Schwerkraft deutlich widerspricht. Dafür sprach jedoch, dass sie oben Bier tranken, obwohl ihre Becks-Kiste bei uns stand.

Die große Tüte in der Badewanne, die mich anfangs irritiert hatte, erwies sich als unsere Tischdecke, in die jede Menge Geschirr und Speisereste eingewickelt waren. Ein Hinweis darauf, dass ich bereits in der Nacht mit der Reinigung der Wohnung hatte beginnen wollen. Die Blutspritzer an der Fensterscheibe brachten mich ebenfalls ins Grübeln. Sie konnten unmöglich von einem Menschen stammen.

Ich tippte auf einen unglücklichen Vogel, der gegen

das Fenster geflogen war, und das sogar zweimal, weil auf beiden Seiten des Glases Spuren zu sehen waren. Vielleicht wollte der Vogel zuerst unbedingt rein, dann aber schnell wieder raus. Und das hat beide Male nicht geklappt.

Hoffentlich haben alle Eltern die Party gut überstanden und den Weg nach Hause gefunden. Was ich allerdings gar nicht verstehe, ist: Wo haben die Kinder die ganze Zeit gesteckt, und wo sind sie jetzt? Ich habe sie weder kommen noch gehen sehen, dabei halte ich es, wie gesagt, für sehr wichtig, dass Kinder mit älteren Menschen Kontakt haben. Mit ihren Eltern und Großeltern zum Beispiel. Nur so erfahren sie nämlich, dass auch ein Leben nach der Kindheit durchaus Spaß machen kann, wenn man es nicht übertreibt. Hat es euch gefallen, Kinder? Gut! Dann zünden wir jetzt die Reste der Bude an und gehen frühstücken – irgendwo.

Kommunale Bildungsausgaben

»Bildung ist alles, was man hat«, sagt meine Frau, »an ihr darf man auf keinen Fall sparen.« In dieser Ansicht stimmt meine Frau mit dem deutschen Nationalatlas überein. In der grafischen Darstellung der wichtigsten Daseinsgrundfunktionen in Deutschland nimmt Bildung einen Ehrenplatz zwischen Erholung und Fortpflanzung ein. Nur wer ist für die Bildung zuständig? Und macht Bildung wirklich klug? Bei den älteren Leuten, die nicht unbedingt zwanzig Semester an der Uni absolviert haben, weiß man zumindest, was sie gelernt haben und was nicht. Die Jüngeren dagegen nutzen ihre sogenannte Bildung, um die eigene Unwissenheit clever zu kaschieren. Unter ihrer dünnen Bildungsschicht tun sich aber oft schwarze Löcher des Nichtwissens auf.

Auch der Bildungsbegriff wurde im Laufe der Geschichte immer wieder neu definiert. Früher war er mystisch-religiös. Das war eine glückliche Zeit für die überzeugten Schulschwänzer: Alle Bildung kam von Gott, der Mensch brauchte sich keine Gedanken darüber zu machen – je weniger er sich um das irdische Leben kümmerte, desto gebildeter war er. Später entstand ein organologischer Bildungsbegriff. Man nahm an, alles Wissen befände sich bereits von Geburt an im Menschen, und dieser müsse bloß seinen »bildenden Geist« entfesseln, um sich in ein Genie zu verwandeln. Heute dagegen leben wir mit einem pragmatischen pädagogisch-aufklärerischen Bildungsbegriff. In unserem Zeitalter kommt der Mensch wissensmäßig völlig nackt, als Analphabet und Hohlkopf auf die Welt. Aufgabe der Gesellschaft ist es also, alle bereits vorhandenen Wissensbestände in die kleinen Köpfe zu stopfen, damit die Kinder zu halbwegs vernünftigen Bürgern heranwachsen. Zu diesem Zweck werden spezielle Fachkräfte ausgebildet und spezielle Einrichtungen – Schulen – vom Staat finanziert. Die Bildungsteilnahme ist ab dem sechsten Lebensjahr Pflicht und dauert ein halbes Leben, bei Bedarf auch länger.

Jemand, der im erwachsenen Leben Pech hat und seinen Job verliert, wird nicht selten von den Behörden zu einer Umschulung verpflichtet und drückt dann bis zur Rentenreife die Schulbank. Doch in erster Linie sind die Eltern von Grundschulkindern vom Thema Bildung betroffen. Viele Eltern denken, ihre Kinder lernen in der Schule nur Mist. Diese Erwachsenen sind bei dem veralteten humanistischen Bildungsbegriff stehengeblieben. Sie glauben, ihre Kinder seien etwas Besonderes, kleine Genies, die ohne die richtigen Entfaltungsmöglichkeiten leiden, weil diese in einer normalen Schule nicht vorhanden sind.

Ich gebe zu, auch wir waren als Eltern lange Zeit dieser Idee verfallen. Als meine Tochter auf die Grundschule ging, schleppte sie jeden Morgen einen schweren Ranzen in den Unterricht. Doch jedes Mal, wenn ich sie später fragte: »Was habt ihr denn heute gelernt?«, antwortete sie entweder: »gebastelt« oder: »gemalt« oder – ganz altklug: »Wir machen ein Projekt.« Fast jeden Tag bekamen wir die Früchte ihrer Basteleien geschenkt. Zusammen mit dem Brief der Klassenlehrerin, wir sollten dringend noch mehr Papier, Plastilin und Farbe kaufen, die seien nämlich schon wieder alle.

Auch zu Hause malten die Kinder, schnitten und klebten bis zur Erschöpfung. In den pädagogisch-aufklärerischen Erziehungsbüchern steht, man müsse die Kinder immer für ihre Arbeit loben, weil sie sich sonst

verunsichert fühlten und keine Lust hätten, weiterzu-
machen.

»Das hast du aber toll gemacht«, sagten wir also, »so
eine wunderschöne Katze haben wir noch nie gesehen.
Schade nur, dass sie bloß ein Bein hat und einen Fernseher mit Ohren statt einem Kopf.«

»Ihr seid blöd«, konterte meine Tochter. »Das ist keine
Katze, das ist eine Meerjungfrau!«

Um dieser Bastelepidemie etwas entgegenzusetzen,
griffen wir, wie viele andere Eltern auch, zu privaten
Lehrmaßnahmen. Die Französischlehrerin mussten wir
allerdings gleich nach zwei Tagen wieder entlassen, weil
sie nur Französisch mit uns redete und uns alle irri-
tierte. Auch der Tanzunterricht war für alle eine Enttäuschung. In der Musikschule bekam unsere Tochter
dann ein für den Haushalt unersetzliches Instrument,
»Melodica« genannt, eine Mischung aus Trompete und
Akkordeon. Mit diesem Instrument ließe sich das Wesen der Musik am einfachsten begreifen, klärte uns der
Musiklehrer auf. Monatelang nahm meine Tochter das
Ding nun nicht mehr aus dem Mund. Dem Wesen der
Musik waren wir zwar nicht nähergekommen, aber mit
der Melodica ließen sich wunderbar Feuerwehrsirenen,
Krankenwagen und Alarmanlagen aller Art imitieren.

Die verheerendste Bildungsmaßnahme war aber die
Karateschule. Die Idee dafür kam von meiner Frau.

Dort sollten unsere Kinder lernen, wie man Geist und Körper in Einklang bringt. Zu Hause wollten die Kinder mir sofort das gerade erworbene Wissen vorführen.

»Stell dich bitte an die Wand, Papa, Hände hinter den Rücken, und bitte die Augen zumachen!«, baten sie mich.

Nach dieser sehr schmerzhaften Vorführung beschloss ich, es doch beim Basteln zu belassen. Ich werde meine Kinder nie wieder fragen, was sie gelernt haben. Vor allem sollen sie mir nichts mehr zeigen. Ich habe große Schmerzen und Vertrauen in die pädagogischen Absichten des Staates.

Menschenrechte

Menschenrechte verderben den Charakter. Je mehr Rechte einem zustehen, umso rechthaberischer wird man. Ich bin in einer Diktatur aufgewachsen, wir wurden in der Schule nicht über Menschenrechte aufgeklärt. Deswegen ist mir nie eingefallen, die äußerst seltenen Erziehungsmaßnahmen meiner Eltern als Menschenrechtsverletzungen anzuzeigen. Meine eigenen Kinder allerdings terrorisieren mich neuerdings mit Menschenrechten. Deutschland ist keine Diktatur, sondern eine Demokratie, und daher wissen die Kinder schon sehr früh über alles Mögliche Bescheid. Das Programm unserer Grundschulen zum Beispiel ist vielfältig und unübersichtlich. Einmal in der Woche kommt ein

Polizist, der den Kindern Verkehrsregeln beibringt, und es kommen die Religionslehrer der verschiedenen Konfessionen mit den neuesten Nachrichten von ihren Göttern. Dazu ein Zahnpflegeaufklärer, dann ein Karatemeister, ein Klarinettist, ein Pazifist, ein Sexualaufklärer und wahrscheinlich neuerdings ein Menschenrechtler.

Seitdem tagt eine kleine Menschenrechtskommission bei uns zu Hause darüber, ob Cola, Chips und Computerspiele zu den Grundbedürfnissen gehören und auf wie viel Fernsehen pro Tag ein Mensch Anrecht hat. Ich versuche, mich dabei an die UNO-Beschlüsse zu halten. Das Menschenrecht auf sinnloses Zappen durchs Fernsehprogramm habe ich jedoch von Anfang an abgelehnt. Die Welt sieht im Fernsehen so schlecht aus, dass man schon nach ein paar Stunden vom bloßen Zuschauen zum Zyniker und Verbrecher wird. Als technisch begabter Vater habe ich das Fernsehgerät im Kinderzimmer so verstellt, dass nur der Kinderkanal zu sehen ist, egal, auf welchen Knopf man drückt.

Allerdings verstehe ich die Zeichentrickfilme des einundzwanzigsten Jahrhunderts nicht. Die Figuren reden zu schnell, bewegen sich zu schnell, sind andauernd hysterisch und haben diese entsetzlich hohen Stimmen, die mir Kopfschmerzen verursachen. Die Kultfiguren meiner sozialistischen Jugend – Wolf und Hase aus dem Zeichentrickfilm *Nu Pogodi* sowie den russischen Win-

53

nie Puuh, der eine angenehm verrauchte Stimme hatte –
finden meine Kinder zwar nett, aber langweilig. Vor
allem erscheint es ihnen unglaubwürdig, dass der Wolf
sich so wenig anstrengt, um den Hasen zu kriegen. Sie
verstehen nicht, dass ein sozialistischer Wolf seinen Hasen streng nach einem Fünfjahresplan jagt. Ohne große
Eile, Schritt für Schritt folgt er dem Hasen durch die
sozialistischen Landschaften, die uns so vertraut waren.
Der Wolf verfolgte den Hasen zum Beispiel auf einer
Baustelle, im Stadion, im Museum, in dunklen Park-
anlagen mit Riesenrad oder auf dem Hühnerhof einer
Kolchose. Aber egal, wie er sich anstrengte, wir wussten, er kriegt den Hasen nicht. Diese Zeichentrickserie
war planwirtschaftlich auf zehn Jahre angelegt, da konnte der Wolf mit Atomraketen auf den Hasen schießen, es
hätte ihm nichts gebracht. Und das gab dem Hasen und
uns Zuschauern eine gewisse Sicherheit. Heute kämp-
fen die Zeichentrickfiguren im Universum mit Laser-
schwertern, sind alle unsterblich oder gehen schon in
der ersten Staffel drauf.

Die Lieblingsfigur meiner Kinder sieht aus wie ein
Stück Käse. Sie hat Augen wie eine Kuh, Beinchen
wie eine Ameise und wohnt auf dem Meeresboden.
Die Kinder behaupten, der Käse sei in Wirklichkeit ein
Schwamm. Alle Freunde dieses Unterwasserkäses ha-
ben Flossen – wie sollen sich Kinder mit diesen Figuren

identifizieren können? Natürlich ist es das gute Menschenrecht des Kinderkanals, so etwas zu zeigen. Und ich bin auch kein Taliban, der seinen Kindern Zeichentrickfilme verbieten würde. Sie wollen Schwämme, also bekommen sie Schwämme. Auch wenn sie wie ein Stück Käse aussehen.

Ein Ranzen voller Lutscher

»Herr Kaminer, wir müssen reden!« Die Klassenlehrerin meines Sohnes hielt mich im Klassenzimmer auf, als ich dort seinen Ranzen abholen wollte. Sebastian selbst hatte in der Sporthalle gerade die Judostunde hinter sich gebracht, ein harter Sport, bei dem die Zweitklässler manchmal gegen Fünftklässler antreten müssen und sogar gewinnen. Im Klassenzimmer herrschte ein fröhliches Durcheinander, und die meisten Kinder der Klasse 3A waren bereits abgeholt worden, weil viele Eltern bei uns selbstständig freischaffend sind. Die Minderheit der Kinder, deren Eltern noch immer einer geregelten Arbeitszeit nachgingen, klebte brav kleine ausgeschnittene rosafarbene Ferkel auf einen schwarzen Karton.

Nichts deutete auf einen Skandal. Und plötzlich diese Aufforderung: »Wir müssen reden, kommen Sie mit!«

Das letzte Mal hatten wir reden müssen, als Sebastian die Fotos von unserer kaukasischen Verwandtschaft – bärtige Männer in Gummistiefeln – in die Schule mitgebracht und in der Klasse behauptet hatte, dies seien Eiszeitmenschen, die er in einer prähistorischen Höhle entdeckt habe.

Mir schwante nichts Gutes. Die Klassenlehrerin, Frau Hansen, wartete mit einer Elterngruppe im Korridor auf mich. Die Mutter von Salomé war anwesend, außerdem der Vater von Karl Friedrich. Die haben doch alle hier einen Knall. Allein schon diese Namen! Wie soll sich ein Kind fühlen, das ständig von seinen Mitmenschen mit Karl Friedrich angesprochen wird? Und was soll das mit Salomé? Ich weiß nicht, welche Hintergründe dieser Name in der deutschen Mythologie hat, in Russland ist Salomé jedenfalls nur als Mörderin von Johannes dem Täufer bekannt. Ein Mann, den alle liebten und dessen Kopf sie aus Trotz unbedingt haben wollte, obwohl er ihr rein gar nichts getan hatte. Wer seine Tochter Salomé nennt, der kann sich auf einiges gefasst machen. Mit diesen Gedanken näherte ich mich der Runde.

»Ihr Sohn verkauft Süßigkeiten an andere Schüler in der Klasse, und zwar zu inakzeptablen Preisen«, sagte

Frau Hansen. »Ein Lutscher kostet bei Sebastian einen Euro fünfzig, ein Maoam-Bonbon zwanzig Cent, obwohl es an jedem Zeitungskiosk nur zehn Cent kostet!«

»Bei ALDI zahlt man überhaupt nur drei neunundneunzig für eine Hunderterpackung«, mischte sich die Mutter von Salomé ein.

»Sie sagen eins fünfzig – Karl Friedrich hat den Lutscher für zwei Euro zehn gekauft!« Der Vater von Karl Friedrich goss noch mehr Öl ins Feuer, obwohl ich innerlich schon vollkommen vor Scham verkohlt war. Mein Sohn verkauft Lutscher! Als hätte er das nötig!

»Sie müssen Ihrem Sohn erklären, dass er in der Schule nur etwas tauschen oder verschenken darf«, beendete Frau Hansen das Gespräch. Ich versicherte ihr, sofort alle notwendigen pädagogischen Maßnahmen zu ergreifen.

Auf dem Heimweg fragte ich Sebastian, wie er überhaupt auf die Idee gekommen war, Lutscher zu verkaufen. Es hätten sich zu viele Süßigkeiten von seinem letzten Geburtstag Anfang Mai angesammelt, erklärte er, die hätte er auf lukrative Art loswerden wollen. Zuerst hatte er die Idee zu tauschen, aber seine Mitschüler hatten nichts zum Tausch da, außer Bargeld. Deswegen sah sich mein Sohn gezwungen, die Lutscher zu versteigern, wobei jeder mitbieten durfte, wie bei eBay. Das führte zu einer enormen Preissteigerung und dies wiederum dazu, dass seine Freunde ihn schließlich verpfiffen, um ihr Geld zurückzubekommen. Ich habe ihm natürlich alle Geschäfte in der Schule verboten. Aber irgendwie war es beruhigend zu wissen, dass die heranwachsende Generation schon so früh so selbstständig tickt. Jetzt kann ich ohne Weiteres alt werden: Ich weiß, wir werden nicht verhungern. Irgendetwas wird dieser Sohn immer dabeihaben, dachte ich. Entweder einen Sack voller Geld oder einen Ranzen voller Lutscher.

Salve, Papa!

Meine Tochter hat in diesem Jahr die Schule gewechselt. Statt ihre Lebenszeit ein fünftes Jahr in der Grundschule zu vergeuden, geht sie jetzt aufs Gymnasium. Nicht auf irgendein Larifari-Gymnasium, sondern auf ein Gymnasium mit Schwerpunkt Latein. Wir hofften schwer auf diesen Schwerpunkt. In der Grundschule haben die Kids einander vier Jahre lang den Rücken massiert und ständig hatte Nicole dort irgendwelche Projekttage statt Unterricht. Die Kinder spielten Gesellschaftsspiele, zerschnitten jede Menge Papier, bauten kleine Vögelchen zusammen, sangen den Omas im Altersheim Gute-Nacht-Lieder vor und besuchten regelmäßig die Töpferei. Aus diesem vierjährigen Studium entstanden mindestens zwanzig schrullige Lehmaschenbecher, von Nicole eigenhändig getöpfert, die auf sämtlichen Regalen unserer Wohnung herumstehen. Sie erinnern daran, dass die Schule in Deutschland keine Wissensschmiede, sondern eine soziale Einrichtung ist, die Kindern beibringt, sich in einer Gruppe unterschiedlicher Individuen zurechtzufinden.

Dagegen ist nichts zu sagen. Natürlich ist lesen und schreiben einfacher zu lernen als Konflikte zu lösen. Von einem Gymnasium erhoffte ich mir trotzdem eine Bildungssteigerung, einen Schutz vor grassierender Frühverblödung. Außerdem wollte ich zusammen mit meiner Tochter Latein lernen. Mich störte auch nicht, dass der Lateinlehrer sächselte.

Nicole verstand das Gymnasium als eine Art Beförderung und kam sich unglaublich wichtig vor. Sie konnte vor Stolz kaum laufen. »Salve, Papa, salve, Nicole« – gleich am ersten Tag hatten wir das gelernt. Nach einer Woche wollte ich endlich ein zweites Wort Latein hören. Es war an der Zeit zu erfahren, was zum Beispiel »tschüs« auf Latein hieß. Dazu kamen wir aber nicht, denn die fünfte Klasse blieb fest in der Projektwoche zum Thema »Antimobbing« stecken. Zweifellos ein wichtiges Thema, wie ich aus erster Hand wusste. Ich bin oft genug von Familienangehörigen und Freunden gemobbt worden, wenn ich Gitarre spielte oder Englisch redete. Deswegen beschloss ich, mindestens an einem Antimobbing-Projekttag teilzunehmen.

Am ersten Tag wurden Postkarten mit Sprüchen und Zeichnungen verteilt, wobei jedes Kind zu seiner Karte etwas erzählen sollte: »Ich habe diese Karte genommen, weil sie grün ist und das meine Lieblingsfarbe ist.« So ein Schwachsinn. Ich hatte eine Postkarte mit einem Zwanzig-Euro-Gutschein drauf genommen, konnte aber nicht erklären, warum ich sie ausgewählt hatte. Es war eine unbewusste Entscheidung gewesen.

Am nächsten Tag musste einer alle anderen in der Klasse fragen, ob er/sie mit ihm ins Kino gehen wolle – und alle sagten Nein. Anschließend wurde das Opfer befragt: »Was ist das für ein Gefühl, ausgeschlossen zu sein?« Am dritten Tag wurde zu therapeutischen Zwecken jemand ausgelacht, wobei ihn beim ersten Mal ein anderer in Schutz nehmen durfte und beim zweiten Mal nicht. Anschließend erzählte der Ausgelachte, was das für ein Gefühl war. Danach haben sie Verlässlichkeit gelernt. Die Kinder sind dazu im Jugendzentrum die Wand hochgeklettert, wobei einer das Sicherungsseil des anderen halten musste. Wenn dennoch jemand herunterfiel, erzählte er anschließend, was das für ein Gefühl war.

Bald sind Herbstferien, und ich habe bei diesem Gymnasium ein mulmiges Gefühl. Ich denke, dass wir noch lange brauchen werden, um zu erfahren, was »tschüs« auf Latein heißt. Doch Zeit genug wäre da, noch sieben Jahre! Bis es so weit ist, festigen wir das bereits Erlernte jeden Morgen um sieben Uhr früh: »Salve, Papa!« »Salve, Nicole!«

Tschüs auf Latein

Seit einiger Zeit besucht meine Tochter das Gymnasium mit »vertieftem Lateinkurs«. Sie hat trotzdem noch nicht herausgefunden, was »tschüs« auf Latein heißt. Vielleicht gibt es auf Latein gar kein »tschüs«? Wir zweifeln inzwischen alle. Immerhin war Latein die Mutter aller Sprachen. Wenn es auf Latein kein »tschüs« gibt, dürfte es eigentlich auch in anderen Sprachen keines geben. Meine private Verschwörungstheorie diesbezüglich lautet, dass »tschüs« auf Latein »tschüs« heißt.

Vor langer Zeit, als es noch gar keine kultivierten Sprachen gab und die Menschen nur in komischen Dialekten miteinander kommunizierten, verliefen sich die Spanier auf ihrer Weltentdeckungsreise und entdeckten statt Indien Lateinamerika. Die Lateinamerikaner waren über diese neue Bekanntschaft gar nicht erfreut. Sie wollten eigentlich erst viel später entdeckt werden und baten die Spanier, auf der Stelle abzuhauen. Dazu schnitten sie Grimassen und schrien: »Tschüs, tschüs!«, was so viel wie »Haut bloß ab!« bedeutete. Die Spanier konnten nur Spanisch, das sich aus dem Latein entwickelt hatte, und blieben.

Die Lateinamerikaner waren mit ihrem Latein am Ende, sie kriegten die Spanier nicht mehr los. Sie hatten keine modernen Waffen, keine Kanonen auf Rädern, nicht einmal Schießpulver. Die Lateinamerikaner wurden später von Archäologen gehänselt, dass sie sich nicht einmal die Mühe gemacht hatten, das Rad zu erfinden, während der Rest der Welt schon längst Kutschen und Karren baute. Inzwischen müssen die Archäologen gestehen, dass die Lateinamerikaner gar nicht so dumm und faul waren wie bisher angenommen. Sie kannten das Pulver und das Rad durchaus, fanden aber für beides keine Verwendung in ihrem Alltag, weil sie friedliche, intelligente Ökojäger waren, die weder Rad fahren noch herumballern wollten. Für die Spanier waren sie deswegen leichte Beute. Schnell eroberten sie Lateinamerika und lernten »tschüs« als erstes Wort des neuen Kontinents. So kam dieses Wort in die europäischen Sprachen.

Das ist, ich wiederhole, meine private These. Die Wahrheit werden wir sowieso nicht erfahren, zumindest nicht auf diesem Gymnasium, und nicht in der fünften Klasse, die aus ihren »Projekttagen« nicht herauskommt.

Nach einer Woche Antimobbing-Training begannen die Literaturprojekttage, anlässlich des Berliner Literaturfestivals. Die Schüler sollten einander ein Jugendbuch über Liebe und Freundschaft vorlesen, die Rollen verteilen, den Text mit einer Theaterwissenschaftlerin einüben und am vierten Projekttag in Anwesenheit des Autors, der wegen des Literaturfestivals gerade in Berlin weilte, als Stück aufführen. Das war der Plan. Aber am ersten Projekttag regnete es stark, und die Theaterwissenschaftlerin war im Stau stecken geblieben. Sie kam erst kurz vor Unterrichtsschluss. Die Kinder hatten sich in der Zwischenzeit mit Klatsch- und Versteckspielen warmgehalten. Am zweiten Tag bauten die Schüler eine Theaterdekoration: eine Tür aus Pappe. Meine Tochter war für das Schlüsselloch zuständig. Die Theaterwissenschaftlerin, die wahrscheinlich in der DDR sozialisiert worden war, entpuppte sich als fromme Anhängerin des sozialistischen Realismus. Obwohl die Tür aus Pappe war, musste das Schlüsselloch absolut realistisch aussehen, und meine Tochter zerschnitt sich bei der Arbeit alle Finger.

Die Aufführung wurde auf den vierten Tag um vierzehn Uhr festgelegt. Der Autor kam aus Amerika, grinste breit und strahlte eine positive Lebenseinstellung aus. Weil die Kinder sich den Text noch nicht merken konnten und die Tür aus Pappe über Nacht auseinandergebrochen war, wurde aus dem Schauspiel ein Bewegungstheater in Begleitung eines Diaprojektors. Alle waren begeistert, auch ich. Die Vorstellung war äußerst spannend geraten. Der Amerikaner applaudierte sich vor Begeisterung beide Hände wund. Als Junge war er auf einem amerikanischen Fremdsprachengymnasium gewesen mit Französisch, Chinesisch, Deutsch und auch ein bisschen Latein. Aber er könne sich an nichts mehr erinnern, seit er als Jugendbuchautor tätig sei. Widerlegte aber gleichzeitig diese Aussage, indem er sich mit einem »tschüs« von uns verabschiedete. Ein Stückchen Latein war bei ihm also doch hängen geblieben. »Tschüs! Tschüs!«, riefen die Kinder zurück. So viel hatten inzwischen alle drauf.

Wie der Stahl gehärtet wurde

Das Gymnasium meiner Tochter ist groß, verwinkelt und hat viele Treppen. Überall an den Wänden hängen Ergebnisse schülerischer Leistungen: Zeichnungen beispielsweise oder Berichte über die angestrebte Zusammenarbeit mit einer Partnerschule in Ecuador. Eine ganze Treppe ist mit markigen Sprüchen in verschiedenen Sprachen geschmückt, die den Gymnasiasten eine Kostprobe internationaler Weisheiten geben. Zu jeder Etage gehört eine Weisheit. Die französische Weisheit ist, dass nur die Liebe zählt. Die Weisheit auf Latein habe ich nicht verstanden, und auf Englisch stand da, man dürfe nie aufgeben: Egal, was passiert, *try again*. Auf Deutsch war zu lesen, dass Fortschritt nur dann möglich sei, wenn man gegen die Regeln verstieß. Gegen die Regeln verstoßen, das hätte wohl jeder Gymnasiast gerne. »Ich muss heute die Schule schwänzen, um des Fortschritts willen und um die Weltentwicklung zu beschleunigen!«

Ganz unten im Erdgeschoss las ich zwei Sätze auf Russisch: »Unsere Zeit auf Erden ist zu knapp bemessen, um sie für sinnlose Späße zu vergeuden. Nutze jeden Augenblick deines Lebens, damit dich später die vertanen Jahre nicht schmerzen. M. Gorki.«

Das ist Blödsinn, das hat Gorki niemals gesagt. Der Spruch ist von Nikolai Ostrowski, der im letzten russischen Bürgerkrieg und während der nachfolgenden Industrialisierung zu einem Helden der Revolution wurde und das Buch *Wie der Stahl gehärtet wurde* schrieb, bevor er noch in jungen Jahren an den Folgen einer Verletzung starb. Er war blind und an den Rollstuhl gefesselt, als er sein Buch verfasste. Ich habe dieses Buch als Kind mit großer Begeisterung gelesen. Aber heute denke ich, hatte er überhaupt eine Wahl? Es gibt Zeiten, da können die Menschen nicht auswählen, was sie am liebsten werden wollen – Held oder Buchhalter. Sie werden zum Heldentum gezwungen.

Die Lehrer am Gymnasium sind lustig. Die Schulleiterin sieht aus wie ein Vampir, behauptet meine Tochter. Der Lateinlehrer ist ein Humorist. Er erzählt jeden Tag den gleichen Witz. »Du erinnerst mich an einen Feuerwehrmann, der zum Brand erscheint, aber vergessen hat, den Schlauch mitzunehmen.« Das sagt er immer, wenn einer der Schüler etwas vergessen hat. Manchmal sagt er zur Abwechslung: »Du erinnerst mich an einen Bankräuber, der in die Bank geht, aber seine Knarre zu Hause gelassen hat.« Am nächsten Tag vergisst der Lateinlehrer anscheinend, dass er den Witz schon einmal erzählt hat, und erzählt ihn noch mal und noch mal mit der Aufdringlichkeit eines Bankräubers oder Feuerwehrmannes, der seinen Schlauch beziehungsweise seine Knarre vergessen hat, der alles vergessen hat: Wer er ist und was er zu tun hat, aber trotzdem jeden Tag pünktlich vor der Bank, vor dem brennendem Haus, im Gymnasium erscheint, um seinen Witz erneut vorzutragen.

Zwei Mädchen aus Nicoles Klasse essen in der Mittagspause von zu Hause mitgebrachtes Sushi, von den – deutschen, nicht japanischen – Müttern handgerollt. Die anderen bekommen in der Kantine Erbsen mit Kartoffelpüree, und montags gibt es immer Pizza. In der Hofpause sendet das Schulradio stets das gleiche Lied. Der Text ist schlecht zu verstehen, aber beim Refrain singt eine Babystimme: »Irgendwann sind wir alle tot, beim Zähneputzen oder Abendbrot.« Ach, eigentlich ist es schon toll, so ein Gymnasiast zu sein. Zur großen Pause rasen sie alle die Treppen hinunter wie eine Idiotenarmee bei der Attacke. Wie schlagkräftig ist diese Armee? Ein alter römischer General sagte einmal, es sei für den Sieg nicht ausschlaggebend, wie viele Soldaten eine Einheit hat. Wichtig sei allein, wie viel Staub sie aufwirbeln kann. Nach diesen Kriterien ist das Gymnasium unschlagbar.

Wir spielen Schach

Meine Eltern spielen Schach, fast jeden Tag, seit fünfundvierzig Jahren. Meine Mutter hat immer die schwarzen, mein Vater die weißen Figuren. Jedes Mal, wenn ich sie besuche, steht ein Schachbrett auf dem Tisch im Gästezimmer mit einer angebrochenen Schachpartie.

»Und? Wer gewinnt?«, erkundige ich mich.

Die Antwort auf meine Fragen ist höfliches Schweigen. Nach einem halben Jahrhundert des Spielens kommt es nicht mehr darauf an, wer gewinnt. Mein Vater spielt klassisch konservativ, man kann sagen langweilig. Er baut langsam sein Verteidigungssystem auf, hält die Diagonalen frei und wartet wie eine Spinne, bis meine Mutter einen Fehler macht und sich in seinem Netz verfängt. Meine Mutter denkt gerne unorthodox, sie sucht nach neuen Spielvarianten und opfert manchmal eine Figur, um die Verteidigung meines Vaters durcheinanderzubringen und zu durchbrechen.

Auf dem alten russischen Schachbrett meiner Eltern ist an der Seite ein kleines Schildchen aus Metall montiert, auf dem steht: »Dem Genossen Kaminer zur Erinnerung an seine Teilnahme am Schachturnier der Gewerkschaft der Binnenschiffer.« Auf den Schachuhren, die meine Eltern benutzen, steht auf einem ähnlichen Schildchen: »Der Genossin Tibilewitsch für den zweiten Platz im Schachwettbewerb des Moskauer Instituts für Maschinenbau 1957.« Diese Schildchen deuten darauf hin, dass meine Eltern schon immer Schach gespielt haben, noch bevor sie einander kennen lernten.

Zu meinen ersten Kindheitserinnerungen gehören Schachfiguren sowie Männer, die auf einer Bank im Hof unseres Hauses sitzen und Schach spielen. Um die Bank herum standen andere Männer, die ihnen Ratschläge gaben oder aufgeregt das Spiel kommentierten. Von den drei Schulen in unserem Bezirk, die nebeneinanderstanden, war eine ein »Schachinternat« und hieß auch so. Dort wurden die zukünftigen Großmeister geschult, die Elite des Schachspiels. Sie in der Pause zu verprügeln, war für jeden normalen Schüler Ehrensache. Aber nicht nur in diesem Internat oder auf den Höfen, in der Sowjetunion wurde überall Schach gespielt. Die Gefangenen spielten im Knast, die Arbeiter während der Mittagspause, die Kosmonauten im All. Sie hatten dazu Magnetfiguren, damit ihnen im Zustand der Schwerelosigkeit die Partie im spannendsten Moment nicht wegflog. In der roten Ecke unserer Armeebibliothek standen drei Bücher: das Grundgesetz, die Armeegesetze und die Broschüre *Wir spielen Schach*, 1984 im Verlag Physische Kultur erschienen. Ein vor Kurzem in Moskau verurteilter Serienmörder erklärte dem Richter, er hätte eigentlich für jedes Schachfeld einen Mord begehen, also vierundsechzig Menschen töten wollen, wäre aber nicht so weit gekommen, weil man ihn vorher verhaftet hätte. Die Zeitungen hatten ihn daraufhin »den Schachbrettmörder« genannt. Sein Wahn war eine logische Folge der ungeheuren Schachpropaganda in der UdSSR.

Der sowjetische Staat unterstützte das Schachspiel großzügig. Gleich nach der Revolution 1917 fand der erste revolutionäre Schachkongress in Petrograd statt, und auf dem Land entstanden unzählige Schachvereine, die eine Armee von qualifizierten Schachspielern hervorbrachten. Die Großmeister waren populärer als Schauspieler. Sie tourten jahrelang durch die Städte und Dörfer, spielten gleichzeitig auf mehreren Brettern, schrieben Bücher und signierten ihre Fotos.

Warum propagierte der sowjetische Staat ausgerechnet Schach und nicht Fußball? Die Antwort liegt auf der Hand: Schach war preiswert und diente der Ablenkung, damit die Menschen sich nicht zu viele Gedanken über die Politik machten. Stattdessen sollten sie lieber über ihren nächsten Zug nachdenken. Auch diente Schach der Ablenkung vom Alkohol, denn Betrunkene konnten sich nicht konzentrieren. Dazu kam die spielerische Komponente. Es gab im Schach klare Sieger und Verlierer, wie sie im planwirtschaftlich langweiligen Sozialismus fehlten. Schach ersetzte alles Schöne im Leben: Es war Spiel, Sport, Kunst, Leidenschaft und Wissenschaft. Und das alles auf einem Stück Holz, bemalt mit vierundsechzig Quadraten. Heute spielen vor allem ältere Leute in Russland Schach, die jüngeren fahren stattdessen Ski.

Ich habe mich mehrmals im Kreis meiner Familie als Schachspieler versucht. Gegen meine Kinder spielte ich mit Erfolg. Allerdings ist es mir nie gelungen, gegen meine Eltern zu bestehen.

»Warum hast du überhaupt deine Figuren angerührt, sie haben so gut gestanden?«, fragt mich mein Vater jedes Mal schon nach der Eröffnung.

Der Populus freut sich und lacht

Es geht voran mit unserem Latein. Jeden Tag bringt meine Tochter ein paar neue Sprüche aus dem Unterricht nach Hause, die mich komischerweise an den Marxismus-Leninismus-Unterricht an meiner sozialistischen Schule erinnern. Wir mussten die Aufsätze von Lenin und Marx konspektieren, das heißt eine Zusammenfassung ihrer Ideen anfertigen. Lenin hat wie Marx oft und gerne Latein verwendet, um moralische Gesetze für den Aufbau des Kommunismus zu formulieren. »Vita sine libertate nihil« oder: »Qui non laborat, non manducet«. Vielleicht hat Lenin von Marx bloß abgeschrieben? Meine Tochter sagt: »Populus gaudet et ridet«, wenn meine Schwiegermutter ihr das Frühstück in den Schulranzen packt.

Meine Schwiegermutter macht dieses Latein zunehmend nervös. Sie hat schon genug Probleme damit, dass der Populus um sie herum laufend Deutsch spricht, eine Sprache, derer sie nicht mächtig ist. Dann wechseln ihre eigenen Enkelkinder auch noch ständig vom Russischen ins Deutsche, teils aus Spaß, teils unbewusst. Und jetzt auch noch Latein. Meine Schwiegermutter lacht dann einfach, sie lässt sich nichts anmerken. Und der Kinder-Populus freut sich wie Bolle über das sprachliche Durcheinander.

Laut Nicoles Lateinlehrbuch hat sich das Volk im alten Rom rund um die Uhr amüsiert. Das Leben dort war der reinste Spaß. Die Hauptfiguren der meisten Übungen heißen Marcus und Cornelia. Marcus hat sich in Cornelia verknallt, kann es ihr aber nicht sagen, er hat dafür keine Zeit. Jeden zweiten Tag muss Marcus in den Circus, jeden ersten Tag in der Woche muss er in den Thermen schwitzen. Im Circus ist es zu laut für Liebeserklärungen, in den Thermen zu still. Außerdem gab es im alten Rom keine »gemischten« Badezeiten. Männer und Frauen durften nur zu unterschiedlichen Zeiten ins Becken.

Nebenbei gesagt, ist es im heutigen Berlin nicht weniger anstrengend, sich in der Sauna zu unterhalten. Die Deutschen schweigen beim Schwitzen so angestrengt, als ginge die ganze Heilwirkung des Saunabesuchs mit einem gesprochenen Wort verloren. Wenn jemand in der Sauna zweimal hintereinander hustet, zischen ihn die Nachbarn sofort an: »Ruhe!« Ich möchte nicht verallgemeinern, aber bei uns in Ostberlin nimmt sich der Sauna-Populus sehr ernst. Nicht umsonst heißt die Sauna neben meinem Haus »Schwimmhalle Ernst-Thälmann-Park«. Ich glaube, die meisten, die dort schwitzen, haben ihr Latein einst ebenfalls im Fach Marxismus-Leninismus gelernt.

Inzwischen geht mir Latein ziemlich auf die Nerven. Ich hoffe, dass meine Tochter früher oder später doch zurück zum Russischen findet oder zumindest zum Deutschen. Ist der Mensch nicht ein geheimnisvolles Wesen? Gestern wollten wir unbedingt, dass Nicole Latein spricht, heute wollen wir, dass sie damit endlich aufhört. Die Menschen wissen nie, was sie wirklich wollen.

In diesem Zusammenhang erinnere ich mich an eine Erzählung aus meiner Jugend, die mich damals ziemlich erschreckt hat. Einmal beschwerte sich ein Elternpaar bei einem Arzt, ihre vierzehnjährige Tochter würde gar nicht sprechen.

»Ein schwieriger Fall«, sagte der Arzt, nachdem er die Tochter genauestens untersucht hatte. »Die zeitgenössische Medizin kann die genauen Ursachen für derlei psychische Abweichungen nicht benennen. Wahrscheinlich hat ihre Tochter Angst davor zu sprechen. Wir müssen Gleiches mit Gleichem bekämpfen. Wir müssen ihrer Tochter noch einmal Angst einjagen, dann redet sie womöglich wieder. Ich werde mich, wenn Sie das nächste Mal kommen, hinter dieser Gardine verstecken. Ihre Tochter darf mich nicht sehen. Und während sie auf dem Stuhl sitzt und sich langweilt, springe ich heraus und haue ihr ein nasses Tuch über den Kopf. Das Ganze wird Sie fünfundzwanzig Rubel kosten, und ich kann keine hundertprozentige Garantie geben, aber es hat schon bei zwei anderen Patienten geholfen«, sagte der Arzt und kratzte sich am Bart.

Fünfundzwanzig Rubel waren viel Geld. Doch der Wunsch, wieder die Stimme ihrer einzigen Tochter zu hören, war so stark, dass die Eltern dem Experiment zustimmten. Gesagt, getan. Am nächsten Tag kamen sie mit ihrer Tochter in die Praxis. Der Arzt stand hinter der Gardine, wartete auf den günstigsten Augenblick und sprang heraus, als man ihn am wenigsten erwartete. Selbst die eingeweihten Eltern erschraken so, dass die Mutter fast vom Stuhl fiel. Die Tochter ließ sich zuerst nichts anmerken, dann schaute sie sich um, als würde sie gerade aufwachen. Und dann geschah das Wunder: Sie fing an zu reden. Sie redete und redete wie ein Wasserfall, wirres Zeug, das niemand verstand. Trotzdem waren die Eltern überglücklich, ihre Stimme zu hören. Sie bezahlten und gingen mit der sprechenden Tochter nach Hause.

Eine Woche später kamen sie zurück. Die Tochter redete und redete immer noch wie ein Wasserfall, Tag und Nacht und völlig sinnfrei. Sie hatten keine Ruhe mehr, konnten nicht schlafen und nicht mehr essen. Ob der gnädige Doktor die Operation mit dem Handtuch wieder rückgängig machen könne, fragten sie. Sie würden auch fünfzig Rubel dafür zahlen. Der Doktor schüttelte den Kopf. »Der Mensch – das geheimnisvolle Wesen.«

Mehrmals versuchten die geplagten Eltern mit verschiedenen Überraschungsangriffen ihre Tochter zum Schweigen zu bringen. Es ging nicht. Und wenn sie nicht gestorben ist, dann redet sie noch heute.

Karl Friedrich

Eine der beliebtesten Erziehungsmaßnahmen der Eltern in unserem Bezirk ist der Kindertausch mit Übernachtung. Es soll ein großer Spaß und ein Abenteuer sein, einmal in einem fremden Bett zu schlafen. Obwohl ich nicht glaube, dass Kinder tatsächlich schlafen, wenn sie mit Gleichaltrigen die Nacht unter einem Dach verbringen. Sie halten einander mit Horrorgeschichten wach, lesen mit der Taschenlampe und laufen in der dunklen Wohnung barfuss zum Kühlschrank, lagern Äpfel und Süßigkeiten unter der Matratze und vergessen sie dort.

Bis jetzt haben alle Kinder, die bei uns übernachtet haben, eine Spur der Verwüstung hinterlassen. Außer Karl Friedrich. Dieses Kind hinterlässt Ordnung sowie eine Atmosphäre der Unsicherheit und der Angst, etwas Falsches getan zu haben. Alles begann damit, dass mein Sohn Sebastian einmal bei Karl Friedrich zu Hause übernachtete. Die Jungs spielten dort Eiszeitmenschen, und zu diesem Zweck schlug Sebastian vor, eine Hütte aus den Aktenordnern des Vaters von Karl Friedrich zu bauen und später anzuzünden. Es war ein harmloses Spiel, schließlich besaß der Vater von Karl Friedrich, ein Anwalt, mehr Aktenordner als ein Baum Blätter hat. Man konnte ein ganzes Dorf aus diesen Aktenordnern bauen, auf ein paar verbrannte kam es in dieser Sammlung nicht mehr an, so dachte ich. Der Anwalt aber dachte anders. Lächelnd bestand er darauf, sein Sohn möge doch bitte irgendwann einmal auch bei uns übernachten. Ich ahnte Schwierigkeiten, wehrte mich nach Kräften, versuchte den Termin der Übernachtung von Karl Friedrich hinauszuzögern und unter lächerlichen Vorwänden auf die ferne Zukunft zu verschieben, in der Hoffnung: Der Junge gibt auf und vergisst es.

Doch Karl Friedrich vergisst nie etwas. Und er gibt nie auf. Kaum sah er mich in der Schule, rannte er mir entgegen mit der Frage, wann er endlich bei Sebastian übernachten dürfe? Ich gab auf.

»Du kannst jederzeit bei uns übernachten, meinetwegen schon heute, wenn deine Eltern einverstanden sind. Rede zuerst mit ihnen.«

»Ich werde Sie in Kenntnis setzen!«, sagte dieser Mikroorganismus daraufhin.

»Ja, setz mich ruhig dahin, ich bitte sogar darum.«

Karl Friedrich ist das kleinste Kind in der Klasse, aber ich glaube, alle haben Angst vor ihm. Eine andere Art von Angst. Das ist nicht die Angst, die der große ungezogene Vollblut-Junge Birmidschan um sich verbreitet. Es ist die Angst vor einem, der immer besser Bescheid weiß.

Bei uns angekommen, inspizierte Karl Friedrich als Erstes mein Arbeitszimmer, rückte die Bücher auf dem Regal zurecht, legte die T-Shirts auf dem Sofa ordentlich übereinander, zeigte auf das Kleingeld, das auf meinem Tisch lag, und sagte leise: »Man lässt Geld nicht einfach so herumliegen«, und ging hinaus. Zu meiner Frau sagte er »Rauchen tötet«, als er sie mit einer Zigarette auf dem Balkon erwischte. Meiner Schwiegermutter wollte er beibringen, wie man am besten gekochte Eier schält.

Bei der Schulumfrage, wer was werden will, hatte Karl Friedrich zur Tarnung Feuerwehrmeister angegeben. Ich glaube, er wird Bundeskanzler. Der Vater von Karl Friedrich ist Anwalt und seine Mutter wahrscheinlich auch, zumindest sieht sie auf den ersten Blick ihrem Mann sehr ähnlich. Karl Friedrich hat einen älteren Bruder, der ist erstaunlicherweise Rapper. Ein waschechter fünfzehnjähriger Rapper mit heruntergelassener Hose, Turnschuhen ohne Schnürsenkel und großer Baseballcap. Ich stelle mir die Familienentwicklung in dieser Zelle wie folgt vor: Als die Anwälte einsehen mussten, dass sie einen Rapper als Sohn haben – sie wollten schon damals am liebsten einen Bundeskanzler, aber es hat nicht geklappt –, starteten sie einen zweiten Versuch. Diesmal wollten sie nichts dem Zufall überlassen. Sie gaben dem Säugling einen Namen, mit dem er unmöglich rappen konnte, und verabreichten ihm außerdem einen Zaubertrank, eine Medizin. Und während die anderen Kinder Märchen erzählt bekamen, haben sie ihm Abend für Abend aus dem Mehrwertsteuergesetz vorgelesen, oder ihn im Fernsehen nur Sandra Maischberger anschauen lassen. Ehrlich gesagt weiß ich nicht, wie sie es gemacht haben, aber es hat funktioniert.

Der zukünftige Bundeskanzler hat während seines offiziellen Besuchs bei uns alle Filme und Computerspiele meines Sohnes gemäß ihrer Altersfreigabe in zwei Stapel sortiert. In einem Stapel lagen Spiele und Filme, die Sebastian allein sehen darf, in dem anderen Stapel solche, die nur in Karl Friedrichs Anwesenheit gezeigt werden dürfen. Abends haben wir zusammen *Matrix Revolutions* angeschaut, und Karl Friedrich kommentierte ununterbrochen den ganzen Film lang, wann seiner Meinung nach etwas Realität war und wann die Fiktion einsetzte.

Er brachte uns mit seinen Auslegungen ziemlich durcheinander, wir mussten gestehen, diesen Film früher völlig falsch gedeutet zu haben. Dafür schlief Karl Friedrich nachts so tief und fest, als hätte ihn eine Traumfee geküsst, und alle Hoffnungen Sebastians auf verbotene Nachtspiele blieben unerfüllt. Kaum wurde Karl Friedrich wieder wach, fing er an, uns das Leben zu lehren. Er erklärte mir, welche Zahnpasta ich unbedingt kaufen müsse und warum. Später klärte er mich über die Vorzüge verschiedener Sorten von Müsli auf.

Ich schaute gelegentlich diskret auf die Uhr. Um zwölf Uhr sollten seine Anwaltseltern das Kind abholen. Es war aber schon halb zwei und niemand gekommen. Karl Friedrich lief gerade zu Hochform auf. Er fragte mich, wann ich eigentlich das letzte Mal beim Friseur gewesen wäre. Endlich klingelte es an der Haustür. Nicht die Anwälte, der Rapper-Bruder kam rein, entschuldigte sich frech für die Verspätung, verpackte den Bundeskanzler blitzschnell in seine Klamotten und verschwand. Ich zog mich an und ging zum Friseur.

Ab 18

Ich würde gerne der Freiwilligen Filmselbstkontrolle, der FSK, eine Brille ausleihen, wenn sie nur Augen hätte. Doch ich glaube, sie hat keine. Anders kann ich mir nicht erklären, was diese Kontrollmenschen dazu veranlasst hat, das Puppenspiel-Beziehungsdrama *Alien vs. Predator* als Film ab achtzehn einzustufen. Ich möchte niemandem zu nahe treten, aber Menschen, die sich nach der Vollendung ihres achtzehnten Lebensjahres noch immer für die Beziehungen zwischen außerirdischen Kreaturen interessieren, beweisen Infantilismus.

Mein achtjähriger Sohn, der seines Alters wegen die mit Säure spuckenden Außerirdischen mit Schwanz und Speer spannend und attraktiv findet, war ziemlich enttäuscht, als der Kartenverkäufer uns für *Alien vs. Predator* keine Karten verkaufen wollte.

»Ein Kind und ein Erwachsener«, sagte ich höflich zu ihm und schob einen Zehner unter der Glaswand durch.

Der Kartenverkäufer erstarrte in seinem Sessel. »Was für ein Kind?«, wuselte er mit den Händen. »Nein, nein, der Film ist ab achtzehn, solche Filme werden oft kontrolliert. Ich würde auf der Stelle meine Arbeit verlieren, wenn ich Sie reinlasse. Der junge Mann ist zehn Jahre zu jung, kommen Sie wieder, wenn er volljährig ist.«

»Aber in zehn Jahren läuft doch der Streifen nicht mehr«, versuchte ich mit dem Kartenverkäufer zu verhandeln. Alles war vergeblich. »Du musst noch zehn Jahre warten«, sagte ich zu meinem Sohn und stellte mir vor, wie Sebastian am Tag seine Volljährigkeit händereibend sagte: »So, jetzt bin ich endlich achtzehn, es kann losgehen, das wahre Leben kann beginnen. So viele neue Möglichkeiten stehen mir offen. Ich darf selbstständig Alkohol einkaufen, ich darf ferne Länder bereisen, ich darf heiraten und Auto fahren. Aber als Allererstes schaue ich mir natürlich *Alien vs. Predator* und *Alien vs. Predator II* an, die Lieblingsfiguren meiner Kindheit, die mir von der bescheuerten Freiwilligen Filmselbstkontrolle verboten wurden.«

Zu Hause beschlossen wir, den missglückten Kino-
besuch in einen gemütlichen Fernsehabend zu verwandeln und uns einen familienfreundlichen Film um 20.15
Uhr anzuschauen. In der Glotze lief *Der Wixxer*, der war
zugelassen ab sechs. Na toll, dachte ich, die Aliens ab
achtzehn, der Wixxer ab sechs. Beide Filme sind sicher
harmlos, doch die Aliens fand ich trotzdem irgendwie
harmloser als die deutsche Komödie mit einem solchen
bereits für sich sprechenden Titel.

Unseren beiden Kindern hat die Komödie jedoch au-
ßerordentlich gut gefallen, sie fanden den *Wixxer* total
witzig. Sebastian wollte sofort in die Videothek und dort
nach dem *Wixxer II* fragen. Es war aber schon Nacht,
und wir schickten die Kinder stattdessen ins Bett. Eine
Woche später jedoch wurde ein familiärer Videoabend
geplant. Zu einem solchen Abend darf jedes Familien-
mitglied einen Film ausleihen. Zu diesem Zweck besuchten wir mit Sebastian gemeinsam unsere Stamm-
videothek in der Schönhauser Allee, einen fortschrittlichen Verleih mit anspruchsvollen Dokumentationen,
experimentellen Schwarzweißfilmen und einem langen
Regal mit einer kompletten Bergman-Retrospektive.

Sebastian hatte sein Anliegen noch immer nicht vergessen. Er wollte unbedingt den *Wixxer II* haben. Ich
schaute mir die zwei jungen Damen an, die hinter dem
Tresen die kinointeressierte Kundschaft bedienten, und

stellte mir vor, wie ich zu ihnen ging und »Hallo«, sagte, »eine echt schöne Bergman-Retrospektive habt ihr hier, sehr umfangreich, aber ich suche den …« Nein, es war eine zu krasse Zumutung. Sebastian zog mich mit voller Kraft am Ärmel zur Theke.

»Komm, Papa, fragen!«

Ich wehrte mich und zog den Ärmel zurück. »Mein lieber junger Cineast«, sagte ich zu meinem Sohn, »aus Gründen, die ich dir hier vor Ort nicht erklären kann, weil dieses Gespräch den zeitlichen Rahmen unseres geplanten Videoabends sprengen würde, möchte ich dich bitten, die Mädchen hinter dem Tresen selbst nach deinem Lieblingsfilm zu fragen. Du brauchst keine Angst zu haben, der Film, den du ausleihen möchtest, ist ja ab sechs Jahren freigegeben, insofern stimmt deine Nachfrage mit dem Gesetz überein. Ich warte hier neben diesem Bergman-Regal auf dich, mein Junge. Und wenn sie dir den Film bringen, komme ich mit der Kundenkarte und erledige die Formalitäten. Vergiss aber bloß nicht, zuerst die Mitarbeiterinnen zu begrüßen«, fügte ich noch hinzu, »Höflichkeit lohnt sich immer.«

Sebastian nickte, ging zum Tresen, stellte sich auf die Zehenspitzen, schaute nach oben, hob die Hand, wie sie es in der Schule gelernt hatten, um der Lehrerin etwas mitzuteilen und sagte: »Guten Tag! Mein Vater schämt sich zu fragen, wo hier *Der Wixxer II* steht.« Dabei zeigte

er demonstrativ in meine Richtung. Ich klebte ganzkör-
perrot am Bergman-Regal. Die gesamte Belegschaft der
Videothek schaute mich grinsend an.

»Dein Vater braucht sich nicht zu schämen. Neues
vom Wixxer steht in Regal sieben. Ich bringe ihn euch
gleich«, sagte eine Mitarbeiterin.

»Und? Wie war ich?«, fragte mich Sebastian stolz, als
wir den Laden verließen.

»Den ersten Satz hättest du dir sparen können«,
zischte ich.

Sexualrevolution 1904

Wir haben das Gymnasium unterschätzt. Der Lernprozess zehrt ganz schön an den Kräften. Für meine Tochter sind Sport- und Musikunterricht eine ganz besondere Herausforderung, weil in diesen Fächern Streberqualitäten verlangt werden, die sie nicht besitzt. Man muss sich beim Sport und bei der Musik auf Kosten der anderen hervortun – das heißt lauter singen oder höher springen. Diese Fächer belegen fast immer die letzten Unterrichtsstunden. Die ersten Stunden fertigt Nicole traditionell in einem leichten Dämmerzustand ab. Die Wissensbestände gelangen durch eine unaufdringliche Halbhypnose in ihren Kopf, und erst Mittags nach dem Besuch der Schulkantine wird sie richtig wach. Dann heißt es aber fast immer Sport oder Musik. Oder Erdkunde.

Mir machen die Hausaufgaben meiner Tochter etwas zu schaffen. Ich gebe zu, ohne Internet wäre ich mit ihnen nicht fertig geworden. Doch in manchen Fächern kann selbst das mächtige Internet nicht helfen. In Erdkunde zum Beispiel müssen sie alle Bundesländer mit ihren Hauptstädten auswendig lernen, obwohl die auf jeder Karte eingezeichnet sind. Meine Tochter schrieb die Namen der Städte auf kleine Zettel und klebte sie überall in der Wohnung an Wände und Türen, sogar auf der Toilette, damit sie auch beim Kacken weiterlernen konnte. Man hörte ständig »Erfurt! Erfurt!« aus dem Bad. Nachts sagte sie im Schlaf mehrmals »Magdeburg«. Im Traum wurde Magdeburg wahrscheinlich zur Hauptstadt.

Kaum hatten wir die Hauptsstädte durch, kamen die Flüsse und Berge dazu. Man musste alle deutschen Flüsse in eine Tabelle von 1 bis 16 eintragen, je nach dem, wie viel Wasser durch einen Fluss floss. Die Berge wiederum sollten in eine leere Karte eingezeichnet werden, die hohen hell-, die niedrigen dunkelbraun. Wenn man dem Lehrbuch meiner Tochter glauben würde, bestünde Deutschland aus lauter Bergen.

In gewisser Weise stimmt das sogar. In Berlin wohnen wir auf dem Prenzlauer Berg. Ich habe Freunde in

Kreuzberg und Schöneberg. Eine Bergvolkmentalität, die sogenannte »Ihr könnt mich mal«-Haltung, ist in dieser Bergwelt weit verbreitet. Doch selbst wenn wir auf die Spitze unserer Berge klettern und einander zuwinken würden, könnten wir uns nicht sehen. Es sind sehr flache Berge. Die Herausgeber dieses Lehrbuchs haben wahrscheinlich selbst den kleinsten Hundescheißhaufen als Berg verzeichnet, um auf diese Weise die deutsche Landschaft vielfältiger zu gestalten. Deswegen sind auch die meisten Berge im Atlas dunkelbraun.

Die Mathematikaufgaben meiner Tochter kann ich inzwischen aber ziemlich schnell lösen, wenn auch nur mit Hilfe eines Taschenrechners. Das Angenehme bei Mathe ist, es sind meistens realitätsbezogene Aufgaben. »Stellen Sie sich vor, Sie haben auf Ihr Girokonto 350,– Euro eingezahlt und 490,– abgehoben, dann wieder 170,– eingezahlt und 25,– abgehoben« – und so weiter. Es wird die Geschichte eines einsamen Irren erzählt, der seine Nachmittage in der Gesellschaft eines Geldautomaten verbringt. Er spielt mit solcher Hingabe auf dessen Tasten, als wäre von dem Automaten ein Jackpot zu erwarten.

Mathematik, Chemie, sogar Erdkunde machen unter Umständen manchmal Spaß. Aber die schlimmsten Hausaufgaben sind, Goethe auswendig zu lernen. Ich möchte dem großen Dichter nicht zu nahe treten, aber der »Zauberlehrling« ist nichts als ein fieser Zungenbrecher. Damit hat sich Goethe bei Generationen von Kindern unbeliebt gemacht.

> *Walle! walle*
> *Manche Strecke,*
> *Dass, zum Zwecke,*
> *Wasser fließe*
> *Und mit reichem, vollem Schwalle*
> *Zu dem Bade sich ergieße.*

Und so weiter – drei Seiten lang. Könnte man das Gleiche nicht verständlicher ausdrücken? Wie viele Fernsehabende wären gerettet, wie viele Spaziergänge absolviert, wie viele Freundschaften vielleicht entstanden, wenn Goethe sich stattdessen damals auf kurze prägnante Zweizeiler konzentriert hätte. Ich weiß, er wollte es so, der schadenfrohe Dichter und Denker. Von der Vorstellung ausgehend, dass seine Reime Jahrhunderte überdauern und die Lehrbücher der Zukunft bis in aller Ewigkeit füllen würden, reimte er endlose Poeme zusammen, nur um der Jugend eins auszuwischen. Der »Zauberlehrling« hat außerdem einen Haken. Kaum hat man die sechste Strophe drauf, ist die erste schon wieder weg. Wie Goethe das so eingerichtet hat, bleibt sein Geheimnis.

Ach, was für ein wunderbares Gedicht haben sie früher in der Grundschule auswendig gelernt. Es hieß »Von den blauen Bergen kommen wir« und wurde beinahe von jedem Kind anders interpretiert, es konnte noch so faul sein. Einige reimten darauf »Unsre Lehrer sind genauso doof wie wir«. Birmidschan, der mollige Drittklässler mit Kinderbrille, der gerne auf dem Hof mit Anlauf schubst, entwickelte die eindrucksvollste Version. Leider war er nicht laut genug und verschluckte manche Wörter. Ich habe lange gebraucht, um zu verstehen, was er sang. Die anderen Jungs aus der Klasse haben mir seine Version später diskret erläutet. Birmidschan sang:

> Von den blauen Bergen kommen wir
> Sexualrevolution 1904!
> Wir springen über Schluchten,
> Um die Weiber zu befruchten,
> Sexualrevolution 1904!

Ich habe es niemandem verraten. Der Vater von Birmidschan, ein kleiner Mann mit großem Schnurrbart, wird oft von der Klassenlehrerin angesprochen, weil andere Eltern sich darüber beschweren, dass Birmidschan ihre Kinder auf dem Hof mit Anlauf schubst. Deswegen nimmt der Vater immer eine spezielle Haltung an, wenn

95

er die Schule betritt. Sein Gesicht läuft etwas rot an, er blickt böse, bückt sich etwas und hält die Hände vor die Brust, wie ein Boxer. Hinter jeder Säule könnte sich die Klassenlehrerin verstecken oder irgendwelche Mitglieder des Elternbeirats. Dabei ist Birmidschan nicht wirklich gewalttätig. Er kann kein Blut sehen. Als sich ein Mädchen beim Spielen auf dem Hof in den Finger schnitt, fiel Birmidschan in Ohnmacht. Ich kann mir nie das Lachen verkneifen, wenn ich Birmidschans Vater grüße. Er denkt wahrscheinlich, ich wäre ein besonders fröhlicher Mensch. Ich aber muss bei seinem Anblick stets an die Sexualrevolution von 1904 und ihre Folgen für die Menschheit denken.

Die Begabung

Meine Kinder üben sich ständig darin, Ausreden jeder Art für ein Misslingen zu finden. Wenn meine Tochter etwa ihr Bein im Ballettunterricht nicht hoch genug schwingt oder von der Mathelehrerin schlechte Noten bekommt, sagt sie achselzuckend, sie hätte es auch gar nicht anders erwartet, denn ihr fehle leider die Begabung. Als verantwortungsvolle und selbstbewusste Person würde sie deswegen das Ballett sowie Mathe am liebsten gleich aufgeben, um jemandem mit größerer Begabung, der vielleicht draußen vor der Tür stand und nicht reindurfte, ihren Platz zur Verfügung zu stellen.

Auch Sebastian scheint ein völlig unbegabtes Kind zu sein. Aus Mangel an Begabung hat er sich bereits aus dem Judokurs verabschiedet sowie aus der Musikschule und aus Mangel an religiösem Eifer dann auch noch aus dem Religionsunterricht. Es sind nur noch Fußball, Karate, Schach, Basketball und Schwimmkurse übrig geblieben.

Meine Vorträge darüber, dass eine angeborene Begabung eine Chimäre ist und einen in Wirklichkeit nur Fleiß und Disziplin weiterbringen können, ganz egal in welchem Fach, diese Vorträge haben auf die Kinder keinerlei Wirkung und lassen mich in meinen eigenen Augen wie ein alter Sack aussehen, der der jüngeren Generation mit dem immer gleichen Fleiß-Blödsinn kommt.

Mein Vater war in dieser Hinsicht nicht viel anders. Ich bin als Kind aus einem Dutzend Sportvereinen rausgeflogen, zu denen mich mein Vater in seiner manischen Sportbesessenheit geschleppt hatte. Die interne Sportsituation in unserer Familie erschwerte sich noch dadurch, dass wir neben einem olympischen Stadion am Ruderkanal wohnten. Es wurde für die Olympischen Spiele 1980 ausgebaut. Die Spiele waren von den meisten kapitalistischen Schurkenstaaten ignoriert worden, weil die Sowjetunion damals in Afghanistan die dortigen Taliban bekämpfte. Die Spiele fanden jedoch trotzdem statt.

Wir Kinder verdienten nebenbei bemerkt bei den Olympischen Spielen drei Rubel pro Tag beim Kajak. Diese olympische Disziplin beeindruckte mich nicht zuletzt des leichten Geldes wegen mehr als alle anderen. Die olympischen Kajaks mussten am Start mit der Hand gehalten werden, damit sie gerade in ihren Bahnen standen und nicht verrutschten. Man hatte diesen Job uns damals vierzehnjährigen Jungs überlassen. Wir lagen also auf den Startpontons und hielten die Boote fest. In kapitalistischen Ländern hätte man uns sofort durch irgendeine geistlose Maschine ersetzt, die auf Knopfdruck die Kajaks hielt und auch wieder losließ. Aber im überentwickelten Moskauer Sozialismus bei der halbgescheiterten Olympiade waren die Verhältnisse noch menschlich.

Als Kajakhalter konnten wir in gewisser Weise sogar den Ausgang der Weltmeisterschaft beeinflussen, indem wir zum Beispiel dem Kanadier einen Schub am Start gaben und die Ungarn etwas ausbremsten. Bei diesen Wettkämpfen ging es schließlich oft um ein paar zerquetschte Sekunden. Deswegen hielten die Sportler aus aller Welt Kaugummi, Fantaflaschen und sogar T-Shirts für uns parat. Die großzügigsten haben fast immer gewonnen. Am Ende des olympischen Tages bekamen wir unsere olympischen drei Rubel und gingen ins Café Regatta hinter dem Ruderkanal, um davon ein Bierchen zu trinken.

Aus Mangel an Begabung scheiterte ich allerdings regelmäßig als Aktiver in diversen Sportvereinen: Im

Basketball war mir der Ball zu schwer, Fechten kam mir zu kitzelig vor, und außerdem schwitzte ich unter der Maske. Hammerwerfen war ein Hammer, aber die Frauen dort… Der Rudersport war dann auch die einzige Sportart, die mir während der Spiele ans Herz gewachsen war. Ich ging danach also zum Ruderverein Zenit und ruderte fünf Jahre lang, die ganze Pubertät hindurch. Ich zeigte dabei eine mittlere Begabung und wurde Vierter in meinem Jahrgang bei den Moskauer Pokalspielen. Mit Erreichen der Volljährigkeit löste sich diese Begabung auf.

In meiner Kindheit und in der Pubertät hatte ich es die ganze Zeit nur mit normalen unbegabten Kindern zu tun, fleißige waren kaum dabei. In meiner Klasse lernten allerdings zwei Koreaner, und die hatten jede Menge Fleiß. In der Pause, wenn alle auf den Hof zum Rauchen gingen, blieben sie im Klassenraum und nagten weiter das Granit des Wissens, hatten aber komischerweise trotzdem permanent schlechte Noten. In der Klasse von Nicole und in der Klasse von Sebastian gibt es je einen vietnamesischen Jungen. Beide heißen Nguang, und beide bekommen von ihren Eltern Red Bull von zu Hause als Pausengetränk mit in die Schule. Wahrscheinlich glauben die Eltern der Nguangs der Werbung und denken, die Energiedrinks würden ihren Kindern Flügel verleihen. Beide Jungs sind sehr nett, fliegen wie eine Rakete in der Pause durch die Schule, haben aber trotz des Zaubertranks schlechte Noten.

Außerdem glaube ich, der sprichwörtliche Fleiß der Asiaten ist in Wirklichkeit nur ein Klischee, genauso eines wie die angebliche Tatsache, dass sie Hunde essen. Mein Bekannter Martin aus Krefeld, ein in Deutschland geborener Koreaner, erzählt gerne Geschichten über solche Klischees, mit denen er seit seiner Geburt konfrontiert wird, obwohl die Krefelder im bundesdeutschen Durchschnitt relativ weltoffen sind. Seinen Kindertraum, Tierarzt zu werden, musste Martin trotzdem an den Nagel hängen. Kein Krefelder würde seinen Lieblingshund einem Koreaner anvertrauen.

Als Martins Vater sich einen Hund zulegte, damit er nach einem Beinproblem nicht allein spazieren gehen musste, haben alle Nachbarn den Hund mitleidig angeguckt und mit »armes Hündchen« angesprochen. Sie waren überzeugt, dass es dem Mann nur darum ging, dem Hund ein paar zusätzliche Kilos zu verschaffen, um ihn spätestens zu Weihnachten wie eine Gans zu schlachten. Dabei weiß Martin nicht einmal, wie Hunde schmecken, er hat sie nie probiert. Er geht sowieso fast nur in deutsche Lokale essen. Wenn er ein chinesisches oder koreanisches Restaurant betritt, schnippen die anderen Gäste sofort mit den Fingern und rufen ihm zu, sie hätten gerne einmal die 26 und einmal die 44.

Menschen, Katzen, Telefone

Wie entsteht ein Mensch? Ich glaube, als Erstes kommt der Charakter, noch bevor sich die Augen, Ohren und sonstigen Organe herausbilden. Der Charakter ist der wichtigste Bestandteil eines jeden, sein sozialer Brennpunkt sozusagen. Er kommt als Erstes und geht als Letztes. Ich glaube, ein Mensch ohne Charakter wäre glücklicher, denn er könnte ein ruhiges, stilles Leben führen. Seine Wünsche würde dieser Mensch seinen Grundbedürfnissen anpassen. Und es ist wahr, man braucht eigentlich nur wenig, um glücklich zu sein: ein paar belegte Brote und einen Lebenspartner. Schon schön, wenn auch etwas langweilig.

Dann kommt einem aber immer dieser verdammte

Charakter dazwischen. Er lässt den Mensch sein kleines Glück nicht genießen, sondern denkt sich immer wieder etwas Neues aus. Er bringt einen Mensch dazu, Spaghetti Bolognese mit Fischstäbchen zu mögen, rosa Hosen nicht anziehen zu wollen und Fernsehwerbung ohne Ton zu schauen. Dieser Charakter sitzt irgendwo ganz tief im Menschen und erzählt ihm, was er noch so alles unbedingt braucht. Und eines Tages sagt der Mensch dann plötzlich: »Ich will ein Handy.« Bei meinem Sohn hat es von Geburt an acht Jahre gedauert, bis sein Charakter ihm einflüsterte, er müsse unbedingt ein Mobiltelefon haben.

»Wozu brauchst du ein Telefon, Junge? Wen willst du anrufen?«, regte ich mich auf. »Alle Menschen, mit denen du zu tun hast, leben in deiner unmittelbaren Umgebung. Die brauchst du nicht anzurufen, die kannst du einfach so rufen, ohne Telefon. Sie kommen alle, und ich versichere dir, sie werden live viel besser zu hören sein als am Telefon und besser zu sehen sein als die Menschen in der Glotze.«

»Du spinnst, Papa«, sagte Sebastian daraufhin. »Ich brauche ein Handy doch nicht zum Telefonieren. Ich will tolle Spiele spielen, Fotos schießen, Musik hören, lustige Klingeltöne mit meinen Mitschülern austauschen und ihnen SMS schicken. Fast alle in meiner Klasse haben Handys, ich brauche auch eins. Am besten ausklappbar und mit großem Bildschirm.«

Der Junge hat Recht, dachte ich. Ein Telefon ist heute nicht einfach nur ein Telefon, sondern ein Spielzeug. Das kenne ich aus meiner Kindheit anders. Wir hatten von Luftpistolen geträumt, von Fahrrädern, Schlittschuhen, Fußbällen, aber nie von Telefonen. Sie waren total out. Gut, es waren etwas andere Geräte. Sie passten in keine Hosentasche, hatten überhaupt keine Spiele und nur einen einzigen völlig unspektakulären Klingelton. Das Einzige, was wir mit diesen Urtelefonen spielen konnten, war, unbekannte Leute anzurufen. Am besten wählte man einfach eine zufällige Nummer am späten Abend, wenn die meisten Bürger müde wurden und ihre Wachsamkeit nachließ. Wenn dann am anderen Ende jemand ranging, sagten wir:

»Guten Tag! Wir rufen aus dem Telefonministerium im Auftrag des KGB an. Es geht um die Nachprüfung alternativer Verbindungsmöglichkeiten.«

»Worum geht's?«, fragte der Unbekannte verwirrt nach.

»Alternative Verbindungsmöglichkeiten. Wie lang ist Ihr Telefonkabel? Drei Meter? Ziehen Sie jetzt bitte das Kabel aus der Steckdose und stecken Sie es sich in den Arsch.«

Eins, zwei, drei, aufgelegt. Wir haben danach immer wie blöd gelacht. Die Telefone unserer Kindheit hatten keine Displays, und die Anrufe konnten nicht zurückverfolgt werden. Ach, es waren schon lustige Telefone. Aber Fotos schießen konnte man damit nicht. Das alles habe ich meinem Sohn natürlich nicht erzählt. Ich wollte ihm kein schlechtes Vorbild sein. Stattdessen dachte ich, was soll's, der Junge hat sowieso bald Geburtstag, er wird neun, und neun ist nahe an zehn, also ein Alter fast schon im zweistelligen Bereich. Eine neue Lebensphase, die eine technische Aufrüstung notwendig macht.

Eine Woche später übergab ich Sebastian feierlich sein erstes Handy mit Zubehör. Die Gebrauchsanweisung umfasste gut hundert Seiten und war dicker als jedes Buch, das mein Sohn bis dahin gelesen hatte. Nun ist das Kind für die nächsten sechs Monate beschäftigt, dachte ich. Ich hatte mich geirrt. Um 19.00 Uhr bekam Sebastian sein Telefon, bedankte sich und ging auf sein Zimmer, »aufladen«. Um 20.20 Uhr kam die erste SMS. Ich schüttelte ungläubig den Kopf. Der Mensch ist doch ein seltsames Wesen. Manches Wissen braucht Jahre, um einen zu erreichen, manches kommt nie an, und manches erwischt einen wie ein Blitz. Drei Jahre hatte Sebastian gebraucht, um die 29 Buchstaben einigermaßen vernünftig aufs Papier zu kritzeln. Es dauerte Monate, bis er Rechnen gelernt hatte, und seine Seepferdchen-Prüfung hat er noch immer nicht geschafft. Das Wunder der modernen Technik, das Mobiltelefon, knackte er jedoch innerhalb einer Stunde. Die

Botschaften aus dem Kinderzimmer kamen im Minutentakt. Ich verfolgte in Realzeit, wie sein mobiltelefonisches Können beständig wuchs. Die ersten zwei SMS waren leer. Dann kam eine dritte, so etwas wie »Khirdl«. Und dann plötzlich:

»KUKE FILM«

»Hör auf, mich anzuschreiben, wir befinden uns in derselben Wohnung«, schrieb ich meinem Sohn zurück. »Und überhaupt, warum bist du noch wach? Sofort ins Bett!«

»KUKE FILM DARF KUKEN«, kam die Antwort.

Als Nächstes las ich: »Will nicht schlafen«, »Warum sind alle so gemein zu mir«, »Nicole will Streit« und »Gute Nacht Papa«. Alles verblüffend korrekt geschrieben. Anscheinend hatte das Kind bereits das Redaktionsprogramm gefunden und aktiviert.

Inzwischen ist die erste Telefonaufregung vorbei. Sebastian schickt mir höchstens noch eine SMS am Tag, und manchmal ruft er aus der Schule an, wenn er schlechte Laune hat. Weil anrufen in der Schule verboten ist, gehen die Jungs zum Telefonieren aufs Klo. Das hört sich dann an, als würde Sebastian von weit weg anrufen. Ich höre die Niagarafälle in seinem Rücken und die Schreie von Flamingos. Anstatt »Guten Tag« zu sagen, atmet er anfangs laut und lange in den Hörer.

»Was ist?«, frage ich, »Was gibt es Neues am Niagara?«

106

»Die Schule ist doof«, beschwert sich mein Sohn. Die Klassenlehrerin habe auf ihn geschimpft, weil er sein Schreibheft zu Hause gelassen habe. Peter sei krank, und Karl Friedrich wolle nicht mit ihm spielen. »Darf ich jetzt nach Hause gehen?«

»Nein, darfst du nicht«, sage ich. »Die Schule ist Pflicht, egal wie doof sie ist, und Eltern werden dafür in die Verantwortung genommen, dass ihre Kinder lernen. Wenn du nach Hause gehst, landen Mama und ich im Knast.«

»Na gut«, sagt Sebastian, »dann gehe ich jetzt zurück und mache weiter.«

Statt »tschüs« sagt er immer »Ende«. Als Hintergrundbild benutzt er übrigens ein Foto unserer Katze Marfa. Jeden Tag schießt er ein neues Bild von ihr. Aus seiner Sicht passt Marfa perfekt auf den Bildschirm seines Telefons, weil sie so klein ist. Sebastian hat Zweifel, ob so große Katzen wie Fjodor Dostojewski als Hintergrundbild taugen, weil sie zu flauschig und zu dick sind.

»Nur Katzen unter zwei Kilo können als Hintergrundbild benutzt werden«, behauptete er neulich im Gespräch mit unserer Freundin Marina. Marina hat ihr ganzes Leben lang in der Gastronomie gearbeitet, zuerst als Köchin und die letzten Jahre als Geschäftsführerin in einem großen Restaurant. Sie hob Marfa kurz hoch, schloss für eine Sekunde die Augen und sagte: »2,4. 1,8 ohne Knochen«, fügte sie nach einer kurzen Pause hinzu.

Dickes Mädchen

Ich bin Gastvater geworden. Wie das passiert ist, habe ich selbst noch nicht ganz kapiert. Es war ungefähr so: Der Geschäftsführer meiner Stammkneipe hat ein großes Herz. Er geht jeden Tag mit seinen zwei Hunden aus, er verschenkt gerne Blumen an unbekannte Frauen, und nach der Tsunami-Katastrophe hat er jede Menge Geld für die Opfer gespendet und alle Kneipenbesucher gedrängt, dasselbe zu tun. Na und, jeder hat seine Macken, dachten wir, sonst war der Kerl nämlich ganz in Ordnung.

Anfang März erzählte er mir, ein Herr Dr. Goebel hätte sich an ihn gewandt. Dieser Doktor habe einen Verein gegründet, der jährlich für mehrere hundert russische Schüler mehrere hundert deutsche Gastfamilien sucht, bei denen sie drei Monate lang leben können, die Sprache lernen und auf eine deutsche Schule gehen. Dafür würde man ihm nun das Bundesverdienstkreuz anheften. Doktor Goebel wolle unbedingt, dass diese seine Ehrung unbedingt im Kaffee Burger stattfinde und dass ich die Laudatio halte, erzählte mir der Geschäftsführer. Ich hielt das für eine verrückte Idee. Im Burger waren noch nie Orden verliehen worden, höchstens Kopfnüsse. Auch hatte ich noch nie an einer solchen Zeremonie teilgenommen. Doch der Geschäftsführer war Feuer und Flamme, weil er eben ein großes Herz hat, und so ließ ich mich überreden.

Zu allem Überfluss wurde die Verleihung dann auch noch als Kostümball angekündigt, und alle Gäste mussten sich in mittelalterliche Klamotten zwängen. Nur meine Frau und ich waren peinlicherweise in Zivil gekleidet. Dazu kam noch, dass meine Frau im Begrüßungsgespräch aus mangelnder Orden-Kenntnis das Bundesverdienstkreuz mehrmals als »Hakenkreuz« bezeichnete. Es waren sehr viele Gasteltern und Freunde des Doktors anwesend, die trotz ihrer bescheuerten Kostüme ausgelassen feierten. Sie tanzten, priesen den Kreuzträger, sangen irgendwelche mir unbekannten deutschen Holzfällerlieder und sahen mit ihren Bärten alle wie der geehrte Dr. Goebel aus. Das Ganze er-

innerte an eine feurige Mischung aus einer Kinderdis-
ko auf Ibiza und der Untergrundversammlung einer
Partisanenbrigade.

Zwischen Trank und Gesang erzählte Dr. Goebel, wie
er die Kinder für sein Programm auswählte. Nicht nur
gute Noten und Deutschkenntnisse seien erforderlich,
er pflege mit den ausgewählten Schülern auch dreitau-
send Meter zu laufen, wobei die Kinder den Doktor
überholen müssten. »Ich will ehrgeizige, zielstrebige junge Menschen fördern«, meinte er, »kein Mensch braucht
dicke Mädchen!« Das fanden wir sehr ungerecht und
sagten, wir würden gerne ein dickes Mädchen bei uns
aufnehmen. Alle lachten. Zwei Monate später rief uns
Dr. Goebel an und sagte: »Das dicke Mädchen ist da, es
kommt am Sonntag um sechs Uhr früh mit dem Bus.«
Er schicke uns schon mal ihre Bewerbungsunterlagen.
Das Mädchen hieß Ina und ging in Nischni Nowgorod
in die zehnte Klasse.

Aufmerksam studierten wir die Bewerbungsunterlagen unseres russischen Gastkindes. Ina beschrieb sich
selbst als »kontaktfreudig, aufgeschlossen und zielbe-
wusst«. Sie war mit ihren echten Eltern schon dreimal im Ausland gewesen, einmal in Prag und zwei Mal
auf Zypern. Sie konnte singen, malen und schwimmen
und sie hatte sieben Jahre lang Musik- und Tanzunterricht gehabt. In einem Extrablatt mit »Verhaltensemp-

fehlungen für Gasteltern« stand, wir sollten dem Kind unbedingt wichtige Aufgaben übertragen, zum Beispiel sollte es Rasen mähen, Brötchen holen oder leere Flaschen wegbringen. Es dürfe nicht nach Hause telefonieren und nicht mit dem Fahrrad auf der Autobahn fahren. »Das Kind muss sich an die fremden Sitten gewöhnen, an deutsche Ordnung und Pünktlichkeit.« Ich bekam ein mulmiges Gefühl. Unsere Familie war dafür eigentlich nicht deutsch genug. Wir essen keine Brötchen und haben nicht mal einen Rasen! Für einen Rückzieher war es jedoch zu spät.

Am verabredeten Sonntag beobachteten wir am Omnibusbahnhof die beeindruckenden Ausmaße der Vereinsarbeit von Dr. Goebel. Hunderte von Gasteltern aus ganz Deutschland warteten auf sechs Busse mit Kindern aus ganz Russland, die alle mehrstündige Verspätung hatten.

Außer normalen Durchschnittseltern standen neben uns auch echte Hooligan-Eltern aus Cottbus, die trotz der frühen Stunde schon einen Sechserpack Schultheiß intus hatten. »Dat machen wir jedes Jahr mit«, erzählten sie. Auch gab es einen ganz kleinen Gastvater, der beinahe schon ein Liliputaner war. Jede Stunde kam ein Bus mit Kindern, und alle rannten hin.

Unsere Ina kam erst mit dem fünften Bus. Sie war überhaupt nicht dick, dafür aber sehr bestimmend.

»Hoffentlich bist du nicht enttäuscht, in einer russischen Familie in Berlin zu landen«, sagte meine Frau zu ihr.

»Darüber bin ich sogar sehr froh«, antwortete das Mädchen. »Dann muss ich den deutschen Humor nicht ertragen.«

Ina erzählte uns, bei ihr im Bus wären Jungs gewesen, die rauchten, schimpften und die Mädchen anmachten. Das wäre doch was für Cottbus, dachte ich. Und so geschah es auch. Die Hooligan-Eltern bekamen die Hooligan-Kinder zugeteilt, der ganz kleine Gastpapa bekam jedoch ein riesengroßes Kind.

Anfangs war unsere Ina schweigsam, verschlossen und desorientiert. Auf alle Fragen über ihre Heimat und ihr früheres Leben zeigte sie uns nur eine Packung Ansichtskarten von Nischni Nowgorod mit schönen restaurierten Kirchen und Naturlandschaften. Auf diesen Postkarten sah ihre Stadt aus wie ein wahres Paradies.

Wir meldeten Ina am Heinrich-Schliemann-Gymnasium an, einer Schule mit Schwerpunkt Fremdsprachen. Die gestresste Direktorin wollte zuerst nichts von irgendwelchen Gastkindern wissen und verjagte uns aus ihrem Büro. Nach einem kurzen Telefonat mit Dr. Goebel wurde sie aber überaus gastfreundlich und hilfsbereit. Dr. Goebel hatte es mit Direktorinnen einfach drauf.

Die deutsche Schule kam bei Ina sehr gut an. Vor allem war sie von der lässigen Art des Lernens überwältigt. Sie meinte, die Zehntklässler würden hier mit einem Schulprogramm konfrontiert, das man in Russland bereits in der siebten Klasse durchgenommen habe. Im Matheunterricht suchte man hier noch nach der richtigen Formel, um die Fläche einer Pyramide zu errechnen. Unser Kind spuckte die Formel nach kurzem Zögern einwandfrei aus, alle waren begeistert. Als sie aber erzählte, dass man bei ihr in der Schule in Mathe die Rechner nicht benutzen dürfe, staunte die ganze Klasse. In Biologie lernten sie gerade Wichtiges über Zellen, aber in einer quasi kinderfreundlichen Fassung und ohne den unnötig komplizierten chemischen Hintergrund. Im Chemieunterricht experimentierte der Lehrer mit drei Haaren eines langhaarigen Schülers, die er in einem Glas auflöste. Es stank im ganzen Klassenraum.

Die Schule bot also viel Unterhaltung. Im Geschichtsunterricht kam gleich am ersten Tag ein Uniformierter in die Klasse. Er schrieb »11/09« an die Tafel und fragte die Schüler, ob sie wüssten, was das bedeutete. Die meisten wussten es. Der Mann in der Offiziersuniform erklärte ihnen die Welt als ein Konfliktfeld, das man nur mit Waffengewalt verändern könne. Deswegen sollten sich alle Schüler, die für den Weltfrieden seien, bei der Bundeswehr melden. Am nächsten Tag kam ein Mann in Zivil. Er berichtete ebenfalls von einer Welt voller Konflikte, meinte aber, dass man diese ohne Waffen viel besser löscn könne. Er selbst sei früher bei der Bundeswehr gewesen, und dort habe es ihm überhaupt nicht gefallen. Anschließend mussten alle Schüler einen Aufsatz darüber schreiben, wie sie sich den Weltfrieden wünschten – mit oder ohne Waffen. Das war der erste Aufsatz, den unsere Gasttochter auf Deutsch und fast ohne Fehler verfasste.

»Ich meine«, schrieb sie, »Deutschland muss eine Bundeswehr haben, um Fanatiker zu bekämpfen. Wenn die Fanatiker wissen, dass ihr Feind Waffen hat, werden sie an ihren Plänen zweifeln und aufgeben. Ein Argument dagegen ist das Risiko, dass ein Fanatiker die Bundeswehr leiten und selbst einen Krieg anzetteln wird. Trotzdem sehe ich nur zwei Varianten: A) Alle Länder werden keine Armee haben. B) Alle Länder werden eine Armee haben. Da der erste Punkt nicht passieren kann, muss der zweite Punkt passieren.«

Die anderen Schüler hatten andere Meinungen dazu, aber alle in der Klasse fanden diesen Weltfriedenszirkus sehr unterhaltsam und wünschten sich, dass beim nächsten Mal beide Männer – der mit und der ohne Uniform – zusammen auftraten.

In den ersten Wochen hatte es Ina nicht leicht,

Freunde zu finden. Die deutschen Mitschüler benahmen sich ihr gegenüber zwar durchaus freundlich, hatten aber auch ohne Ina in der Pause immer genug zu tun. Anders als in Russland brachten sie viel zu essen mit in die Schule und nutzten jede freie Minute, um sich ihren belegten Brötchen zu widmen. Kaum klingelte die Schulglocke, gingen sie auf den Hof, jeder mit seinem eigenen Brötchen in der Hand. Danach schauten sie noch in der Mensa vorbei, um sich mit Bratkartoffeln und Suppe zu stärken. Einige besonders Schlaue schafften es sogar, während des Unterrichts lautlos weiterzuessen. Dieses ständige Essen befremdete Ina.

Eine erste Annäherung an die russischen Sitten war die Schul-Punkband »The Fünf Schrauben aus Timbuktu«. Auch in Russland hat jede Schule, die etwas auf sich hält, mindestens eine Punkband. An Inas Schule in Nischni Nowgorod hatte die Punkband sogar einen ähnlich bescheuerten Namen. Sie hieß »Drei Schüsse nach Feierabend« und spielte auch ähnliche Musik: laut und angeberisch. Die Freundschaft mit der deutschen Punkband brachte neue Farbe in Inas Leben. Das Telefon klingelte von da an immer öfter, und eine unbekannte freche Stimme fragte: »Is Inaa daa?«

Sie ging mit ihren neuen Freunden in irgendwelche Jugendklubs, immer dann, wenn »The Fünf Schrauben« auftraten. Zum Glück spielten sie nicht oft. Auf unsere Forderung, spätestens um dreiundzwanzig Uhr zu Hause zu sein, antwortete Ina, sie würde allein den Weg nicht finden, und die Punks könnten sie erst um drei nach Hause bringen, so lange hätten sie zu tun. Auf unsere Frage, wie das Konzert war und ob die musikalische Punk-Leistung auf der Höhe der Zeit lag, reagierte sie sehr dezent mit einem Kopfnicken.

Einmal in der Woche machte Ina selbst Musik. Als Gastkind war ihr die Pflicht zum Chorsingen auferlegt worden: jeden Mittwoch um siebzehn Uhr in Steglitz. Alle Schüler aus Russland mussten dort an dem Programm »Junge Russen singen deutsche Lieder« teilnehmen, um das traditionelle Liedgut des Gastlandes kennenzulernen. Zur Auswahl standen unter anderem »O wie wohl ist mir am Abend«, die deutsche Nationalhymne sowie das Lied »Meine Oma fährt im Hühnerstall Motorrad«. Von der Hymne standen allerdings nur die ersten vier Zeilen zur Verfügung. Auf die Frage der Schüler, wieso die deutsche Hymne so kurz sei, meinte der Dirigent, früher sei sie erheblich länger gewesen, aber nach dem Krieg hätten die Alliierten sie stark gekürzt. Am liebsten sangen die Russen das Lied von der Oma mit dem Motorrad.

Während der Chorstunden tauschten sie untereinander ihre Erfahrungen mit den Gasteltern aus. Ein Mädchen erzählte, in ihrer Familie würden alle Orangensaft mögen. Um sich zu disziplinieren, kauften sie deswegen immer nur Apfelsaft und verdünnten ihn auch noch mit Wasser, weil das angeblich gesünder sei. Ein anderes Mädchen berichtete, sie müsse bei ihren Gasteltern ständig deren Holzzaun streichen. Man erzählte sich, dass mehrere Schüler aus dem Programm bereits nach der ersten Woche zurück in ihre Heimat geflüchtet seien, von Heimweh und den Gasteltern gequält. Nur die Hartnäckigsten wären geblieben.

Etliche Gastkinder beklagten sich über unzureichende Ernährung. Die deutschen Eltern aßen deutlich weniger, als es die russischen Schüler von zu Hause gewöhnt waren. In Russland besteht eine Mahlzeit in der Regel aus drei Gängen, mit einem unverzichtbaren Hühnchen zum Dessert, wobei jeder Gang den Monatsbedarf an Kalorien eines durchschnittlichen Deutschen deckt. Die deutschen Gasteltern konzentrierten sich dagegen mehr auf gesundes Gemüse. Nur unsere Ina hatte in zwei Monaten acht Kilo zugenommen. Ha! Dem Kind sollte es ja an nichts fehlen. Sie ist quasi das Opfer unserer Gastfreundlichkeit geworden. Um abzunehmen, beschloss Ina zu joggen. Sie bereitete sich auf diese Maßnahme einen halben Tag lang vor, kam dann aber nach fünf Minuten wieder zurück. Das Joggen hatte sich als zu anstrengend erwiesen. Und eine andere Sportaktivität konnten wir ihr nicht bieten. Zwar ging sie dreimal mit uns zur Russendisko, aber auch dort konnte sie nicht allzu viele Kalorien loswerden, weil sie aufgrund des herrschenden Platzmangels die ganze Zeit an der Wand stand.

Dafür verlor sie dann einige Kilo und beinahe auch ihre Jungfräulichkeit am russischen Unabhängigkeitstag, dem zwölften Juni. Vier bekannte russische Popbands sollten auf der großen Bühne im Tempodrom auftreten, unter anderem Inas Lieblingsband aus Nischni Nowgorod mit dem merkwürdigen Namen »Umaturman«. Als Superrussen bekamen wir eine Einladung in den VIP-Bereich. Schon Tage vor dem Konzert fing unser Gastkind an, sich komisch zu benehmen. Es wurde schwer ansprechbar, saß in der Küche und schaute verträumt an die Decke. Mit Mühe fanden wir heraus, dass Ina sich von dem »Umaturman«-Sänger Wowa stark angesprochen fühlte. Sie konnte es nicht erwarten, ihn aus der Nähe zu erleben.

Am zwölften Juni versammelten sich abends sechstausend Russen im Tempodrom und winkten mit kleinen russischen Fahnen. Im VIP-Bereich hockte ein unrasierter Jüngling mit einer Gitarre vor dem Bauch und einer schmutzigen Mütze auf dem Kopf. Ina wurde schlecht.

»Das ist er«, sagte sie und lächelte verwirrt.

Meine Frau und ich gingen an den Tresen, um uns

mit Getränken einzudecken. Als wir zurückkamen, war Ina verschwunden. Auch der Jüngling mit der Gitarre hockte nicht mehr da.

»Hmm«, machte meine Frau.

Wir fühlten uns plötzlich mit einem ganz neuen Problem konfrontiert, das schwer auf unseren ohnehin schwachen Gasteltern-Schultern lastete. Nach einer kurzen Beratung beschlossen wir, nichts zu tun. Unsere Freunde, Bekannten und sogar Unbekannte versorgten uns im Minutentakt mit Details:

»Die beiden sitzen neben der Bar auf dem Boden.«

»Er holt für sie etwas zu trinken. Ist sie schon sechzehn?«

»Er sieht nach einem gefährlichen Aufreißer aus.«

Unter dem Druck dieser Öffentlichkeit mussten wir Ina schließlich evakuieren und das Konzert vorzeitig verlassen. Der Sänger hatte ihr ein Autogramm auf ihre kleine russische Fahne gekritzelt, die sie umklammert hielt. Erst am Abend des nächsten Tages konnte sie wieder sprechen.

Nach zweieinhalb Monaten auf unserem fremden Boden hatte sich Ina endlich an die neue Umgebung gewöhnt. Unser Gastkind war nicht mehr so verschlossen wie am Anfang, versteckte sich nicht in ihrem Zimmer, erzählte uns freiwillig und ausführlich alle Ereignisse des Tages und nahm an der Vorbereitung des täglichen Familienessens teil. Sie ging auch zwischendurch mal locker an den Kühlschrank und war mit dessen Inhalt bestens vertraut. Ina wurde genau so, wie sie sich einst selbst in ihren Bewerbungsunterlagen beschrieben hatte – offen und kontaktfreudig. Wir freuten uns über diese lang ersehnte Verwandlung, nur ging Inas Zeit nun bereits zu Ende. Darin lag offensichtlich der Nachteil dieses Gastkinder-Programms. Kaum waren drei Monate vergangen, die benötigt wurden, um sich der neuen Umgebung anzupassen, kaum gewöhnte man sich aneinander, schon musste das Kind wieder abreisen.

Die Schule befand sich bereits auf dem Weg in die Sommerferien. Im Juni gab es kaum noch Unterricht, und die Schüler waren mit der Ausgestaltung des Hofs beschäftigt. Auch das wöchentliche Chorsingen fiel wegen der Hitze aus. Stattdessen sang Ina mit uns auf unseren Grillpartys russische und sowjetische Lieder. Abends ging sie mit ihren neuen Freunden aus der Schule zu irgendwelchen Ska- und Reggae-Konzerten, die es um diese Jahreszeit in unüberschaubarer Zahl in Berlin gab. Und sie wollte unbedingt ihren deutschen Freunden den russischen Klassiker Alexander Puschkin auf Deutsch vortragen. Die fanden aber Puschkin nicht so toll.

Inas letzte Unterrichtsstunde war Englisch. Der experimentierfreudige Lehrer hatte die Idee, mit Hilfe des alten Songs »Hotel California« bei seinen Schülern die

Lust auf Englisch zu stärken. Dazu schnitt er den Text des Liedes Zeile für Zeile auseinander und verteilte die Papierstückchen in der Klasse. Die Schüler sollten das Lied wieder in der richtigen Reihenfolge zusammensetzen. Doch niemanden interessierte dieses Hotel Kalifornien. Draußen schien die Sonne, und die Schule ging in ein paar Tagen zu Ende. Auch wusste kaum noch einer, worum es in dem Lied ging. Der Text fiel auseinander, und egal, wie man die Zeilen zusammensetzte, es ergab keinen Sinn.

Innerlich war Ina schon bei sich zu Hause in Nischni Nowgorod. Die letzten zwei Tage vor der Abreise verbrachte sie im Kaufrausch, um Geschenke für die Familie und sich selbst einzukaufen. Ihr Hab und Gut hatte sich in den drei Monaten erheblich vermehrt, und sie brauchte zusätzliche Taschen, um alles einpacken zu können.

An einem Samstag brachten wir sie zum Busbahnhof. Diesmal standen dort noch mehr Kinder und Eltern als bei der Anreise, so als hätten sie sich in den drei Monaten ebenfalls vermehrt. Die Busse kamen mit sechs Stunden Verspätung, und nicht einmal die Busfahrer wussten, wer wann wohin fuhr. Es herrschte ein großes Durcheinander. Nachbarstädte taten sich zusammen, um einen Bus zu bekommen. Nischni Nowgorod erhielt ein paar Plätze im Bus nach Pensa und Saratow.

Noch vor der Abreise fiel bei einem Pensa-Schüler eine Flasche Wein aus dem Rucksack, die sofort vom Busfahrer beschlagnahmt wurde. Dafür wurden die Pensa-Schüler von ihren Kollegen aus Saratow sogleich zur Sau gemacht. Sie seien Schlappschwänze und Nichtsnutze, nicht einmal eine Flasche könnten sie gut verstecken, wütete Saratow. Pensa schwieg, sich seiner Schuld vollkommen bewusst.

Zwei Tage später rief Inas Mutter aus Nischni Nowgorod an. Sie hatte schon Angst gehabt, ihr Kind nicht mehr verstehen zu können, weil sie dachte, Ina würde sich bei uns in ein richtiges deutsches Mädchen verwandeln. Doch jetzt sei sie beruhigt – Ina sei unverändert zurückgekommen, könne noch immer gut Russisch, und dafür wolle sie sich bei uns bedanken. Nichts zu danken, das sei doch eine Selbstverständlichkeit, sagten wir. Plötzlich schien uns unsere Wohnung viel größer und die Familie kleiner geworden zu sein. Nein, Ina ist für immer nach Hause gefahren, erklärten wir unseren Kindern, aber vielleicht kommt sie irgendwann wieder.

Nur zwei Dinge erinnerten noch an unser Gastkind: *Eugen Onegin* von Puschkin auf Deutsch und ein Papierstück mit zwei englischen Zeilen auf dem Küchentisch, ihr ungelöstes Rätsel: *Plenty of room at the Hotel California, Any time of year, any time of year, you can find it here …*

In Nizza

Unsere Familienpolitik in Bezug auf Urlaub ist paradox: Die anerkannten Ferienziele besuchen wir nur außerhalb der Saison. Während der Saison fahren wir am liebsten zu meiner Schwiegermutter in den Kaukasus oder zu anderen Verwandten, die uns gerne wiedersehen. So fuhren wir jetzt mit den Kindern im Februar nach Nizza. Im Sommer ist diese Stadt bestimmt überfüllt und verstunken, und die Touristen werden von den Einheimischen in großem Stil abgezockt. Im Winter dagegen ist Nizza ruhig und relativ preiswert. Der Tourismus hält sich in Grenzen, überall wird gebaut, und überall hört man nur Französisch, sogar auf den Baustellen. Das hat mich gewundert, denn auf Berliner Baustellen hatte ich schon lange kein Deutsch mehr gehört. Entweder bauen die Franzosen noch selbst, oder sie stellen nur Leute mit Sprachkenntnissen ein.

Obwohl ich meiner Tochter seit zwei Jahren Französischunterricht bezahle, kann sie nur »danke«, »bitte«, »hallo« und »auf Wiedersehen« in dieser Sprache sagen. Das kann jeder. Aber einen einfachen Satz wie »Ich würde diesen Salat schon nehmen, aber lassen Sie bitte die Eier und Crevetten weg« kann sie nicht meistern. Sie versuchte es trotzdem, und es klang wahrscheinlich furchtbar, aber die feinfühligen Kellner verstanden sie tatsächlich. Dafür mochte Nicole die Franzosen. Auch mein Sohn Sebastian mochte sie wegen des guten Essens, der ganzen Baguettes und Croissants. »Franzosen sind meine Freunde«, sagte er immer wieder. Meine Frau vergötterte Franzosen sowieso. »Sie sind so viel freier als die Deutschen«, meinte sie, »und sie haben nicht diesen Selbsthass, den die Deutschen pflegen.«

In meinen Augen sahen alle Franzosen grotesk aus. Sie kleideten sich, als würden sie in einer endlosen Fernsehserie spielen, als wären sie alle dem gleichen Werbespot für irgendeinen Haarlack entsprungen. Besonders die Damen mit ihren hohen Hüten, Brillen wie Skifahrer, mit knallrotem Lippenstift bemalten Gesichtern, dazu Pelzmantel, Pantoffeln und ein kleines Hündchen, ein Kackdackel zum Ausführen. Die jüngeren Frauen waren ebenfalls überstylt, mit viel Kosmetik, aufwändig frisierten Haaren und Stiefeln, die ihnen fast bis über die Knie reichten.

In Deutschland ticken Frauen anders. Die über fünfzig geben sich auf, sie brauchen kein Parfüm mehr und keine ausgefallenen Klamotten. Und die jüngeren glauben, man solle sie nicht für ihr Aussehen, sondern für ihre menschlichen Qualitäten lieben. Deswegen versuchen sie, sich so hässlich wie möglich zu kleiden, und klagen gern über Beziehungsprobleme. Franzosen können anscheinend viele Probleme mit Kosmetik lösen; man sieht viele ältere Paare, die einander auch nach vierzig Jahren noch nicht auf den Geist gehen.

In den Kneipen hatten die Franzosen fast überall Speisekarten auf Russisch ausgelegt. Die reichen Ölrussen haben hier eine Zeit lang gerne Urlaub gemacht und wahrscheinlich nach russischer Art großzügig Trinkgelder verteilt. Jetzt kommen sie nicht mehr. Entweder sind sie von der Macht daheim eingeschüchtert oder ihre Ölquelle wurde verstaatlicht. Die Speisekarten sind aber geblieben. Die Kellner lebten geradezu auf, als sie uns Russisch sprechen hörten. »Russland?«, freuten sie sich und wollten uns unbedingt die Speisekarte auf Russisch vorlegen.

»Wir sind Russen aus Deutschland, aus Berlin«, erklärten wir und forderten spaßeshalber eine Speisekarte auf Deutsch. Doch auf Deutsch hatten die Franzosen nie was.

Auf nach Venedig

Schon im Vorfeld unserer Reise haben sich etliche Verwandte bemüht, uns die Idee auszureden. Sie alle waren schon einmal in Venedig gewesen und brandmarkten den Ort als die größte Touristenfalle und Urheimat der Abzocker.

»Fünf Jahrhunderte lang haben die Italiener dort gebaut, jetzt wollen sie mindestens zehn Jahrhunderte abkassieren«, meinte mein Vater bitter.

Er selbst kam nie zum Abkassieren. Er hatte sein Leben lang in einem Betrieb gearbeitet, der ausklappbare Pontonbrücken produzierte. Man konnte diese Brücken von Lkws aus über einen Fluss jeder Breite und an jeder beliebigen Stelle schnell und unkompliziert aus-

und einrollen. Der Betrieb wurde allerdings nach dem Fall des Sozialismus sehr schnell abgewickelt und mein Vater vorzeitig in Rente geschickt. Dabei waren doch gerade diese Brücken für Venedig wie geschaffen. Sie hätten der Stadt ein neues, moderneres Image verpasst. Aber das konservative italienische Kapital lehnte ein neues Image mit sowjetischen Brücken ab, und deswegen kann mein Vater Venedig nicht gut leiden.

Meine Tante Bella erzählte, wie sie einmal neben dem venezianischen Fischmarkt in einem Boot beinahe untergegangen wäre. Sie hatte sich in eine preiswerte Sammelgondel gesetzt, weil die schickeren Gondeln mit Samtkissen und Blumen hundertfünfzig Euro für eine Fahrt verlangten oder achtzig Euro für zwanzig Minuten als Sonderangebot. Meine Tante, eine arme Rentnerin, hatte sich für die preiswertere Variante entschieden. Die Sammelgondel war bereits übervoll, als sie einstieg. Die Touristen lagen aufeinander wie »Heringe auf venezianische Art«, aber der geizige Gondoliere wollte noch mehr Leute einladen. Eine mollige Australierin mit einem großen Säugling auf dem Arm setzte sich immer wieder auf Tante Bellas Knie. Die Australierin war von ihrem Europatrip so mitgenommen, dass sie meiner Tante die Brille kaputtmachte, und der Säugling übergab sich vor Begeisterung zweimal auf ihren Mantel.

»Mein Gondoliere war ein lustiger Typ, obwohl auch

ziemlich asozial«, erinnerte sich meine Mutter. »Während der Fahrt durch die Kanäle machte er alles gleichzeitig: Er ruderte, sang falsch italienische Opernarien, machte die Fußgänger an, stritt sich mit Kollegen und fotografierte jeden, der ihn darum bat. Als wir ausstiegen, gab er mir die Hand. Just in diesem Moment klingelte es in seiner Hosentasche, er griff nach dem Telefon, ich fiel zurück ins Boot und habe mir eine Beinverletzung zugezogen.« Auch meine Mutter war venediggeschädigt.

»Und die Preise?«, setzte mein Vater nach. »Zweihundert Gramm Taubenfutter kosten dort so viel wie bei uns ein Drei-Gänge-Menü für zwei Erwachsene in einem griechischen Restaurant! Diese Stadt hat dem Rest der Welt nur zweierlei zu zeigen: gewissenlose Habgier und arrogante Gleichgültigkeit! Nicht umsonst haben sie sich dieses seltsame Symbol zugelegt, ein Raubtier mit Flügeln, eine Mischung aus einem Löwen und einer Taube. Der Löwe greift hemmungslos nach der Beute, und die Taube scheißt auf alles und jeden.«

»Der Löwe scheißt doch auch auf alles und jeden, er ist der König des Dschungels«, meinte mein Sohn. Wie unsichtbar schlich er sich an den Küchentisch und wartete auf den günstigsten Augenblick, um mit dem richtigen Spruch seine Anwesenheit preiszugeben.

»Der Löwe scheißt überall und sogar viel mehr als

Tauben, er ist auch größer«, entwickelte er seine Idee weiter.

Betretenes Schweigen machte sich in der Küche breit. Venedig wurde augenblicklich zur Seite gelegt. Das Thema Erziehung beschäftigte die Runde. Besonders aufgeregt wirkte mein Vater.

»Von wem hat das Kind solche Ausdrücke gelernt?«, fragte er pathetisch rhetorisch.

Sebastian erntete einen Sturm der Entrüstung, er wurde heftig kritisiert wegen der Benutzung schlechter Wörter in der Öffentlichkeit und dann auf sein Zimmer geschickt. Danach schimpften alle weiter auf Venedig.

Trotz dieser massiven Kritik flogen wir am übernächsten Tag mit Alitalia nach Venedig. Und, was soll ich sagen, es war genau so, wie uns die venediggeschädigten Verwandten vorhergesagt hatten. Übervoll, laut, teuer, anstrengend und schön. Als Erstes besuchten wir alle Orte, die uns familiär mit Venedig verbanden: den Fischmarkt, wo meine Tante von wild gewordenen Australiern vollgekotzt wurde, und die Brücke, von der meine Mutter beinahe ins Wasser gefallen wäre. Wir gingen zur Piazza San Marco, um Tauben zu füttern. Dort legen sich männliche Touristen auf die Erde, überschütten sich mit Maiskörnern und lassen sie von den Tauben aufpicken. Das wird dann von ihren Frauen geknipst. Das Geschäft mit den Tauben lief sehr gut, sie aßen viel und kackten vergleichsweise wenig. Mit dem Verkauf des Taubenfutters setzten die Venezianer vermutlich mehr ab als die Deutschen mit der Jahresproduktion von Mercedes.

Am Ende des Tages kamen wir zu der Erkenntnis, dass die Tauben auf der San Marco Piazza nicht echt waren. Die Einheimischen, als große Meister des Karnevals und der Verwandlung auf der ganzen Welt bekannt, haben auch hier betrogen. Ich weiß nicht, wie sie es schaffen, aber eins steht fest: Ganz Venedig, diese Stätte der Schönheit, dieses Feuerwerk der Geschichte und so weiter, schmeißen im Groben ein paar Typen. Dafür arbeiten sie natürlich hart. Am Vormittag verdienen sie ihr Geld als Gondoliere oder Kioskverkäufer, am Nachmittag verwandeln sie sich in Tauben, picken die Maiskörner auf, schlucken sie aber nicht. Stattdessen bringen sie die Körner zurück zu den Verkaufsstellen, wo ihre Frauen sie neu verpackt an die nächsten Touristen verscherbeln. Die gleichen Venezianer machen noch den Verkäufer am Markt, zwischendurch ziehen sie sich noch zu Musikern um und sitzen in bunten Klamotten vor Kneipen und Restaurants. Sie spielen Italienisches von Nino Rota, der Musikzuschlag beläuft sich momentan auf vier Euro achtzig pro Gast.

Selbst gegen drei Uhr früh, wenn die meisten Touristen längst schlafen und die Straßen sich leeren, gehen die Venezianer nicht ins Bett. Sie verwandeln sich in Fische und springen im Mondlicht unter den Brücken aus dem Wasser bis in den Morgen hinein, um die wenigen Touristen in Erstaunen zu versetzen, die nachts aufbleiben. Die Nachttouristen freuen sich, werfen ihr Geld ins Wasser, und die Venezianer sammeln es ein und bringen es auf die Bank. In Venedig hat jeder Fisch sein eigenes Konto.

Unsere Schweizreise

Ende Juli lud mich der *Tagesanzeiger* nach Zürich ein und erteilte mir den Auftrag, die Stadt »aus der Sicht eines Fremden« zu beschreiben. Drei Sommertage am Zürcher See! Die Einladung klang verlockend, es gab nur einen Haken: Zürich war für mich längst kein fremdes Terrain mehr. Regelmäßig und gerne besuchte ich die Stadt zu Lesungen oder als DJ mit unserer Tanzveranstaltung »Russendisko«. Ich wusste also bereits: Auf Zürich ist Verlass. Die Veranstaltungen dort liefen immer gut, wobei es jedoch wenige Überraschungen gab. Während der Lesungen hörten die Zürcher aufmerksam zu, sie reagierten an den richtigen Stellen richtig, allerdings immer mit einer kleinen Verzögerung, die ich meiner Aussprache zuschrieb. Abschließend stellten sie angemessene Fragen. Hier wurde ich nie mit den typisch deutschen Zuhörerfragen belästigt, die nichts mit dem Inhalt meiner Bücher zu tun hatten: »Was verdienen Sie im Jahr?« oder »Wie geben Sie Ihr Geld aus?« In der Schweiz gilt eben noch das Bankgeheimnis. Die Zuhörer wollten hier meist nur eines wissen: ob alles wirklich wahr sei. Ich bestätigte das, sie nickten und gingen zufrieden nach Hause. Da ich immer nur die Wahrheit schreibe, hatte ich bisher keine Gelegenheit, herauszufinden, wie die Zürcher reagieren würden, wenn meine Geschichten erfunden wären.

Wenn wir mit der »Russendisko« nach Zürich kamen, mussten wir uns sogar noch weniger Sorgen machen: Die Gäste fingen meist zum richtigen Zeitpunkt zu tanzen an – zuerst mit einem Fuß, dann mit beiden Füßen, und jedes Mal, etwa gegen zwei Uhr nachts, wenn uns gerade das Gefühl beschlich, dass all diese einsamen Menschen das ganze Jahr nur auf uns gewartet hatten und jetzt unbedingt etwas passieren musste, was unsere Vorstellungen von einer gelungenen Party für immer sprengen würde, hörten sie plötzlich auf zu tanzen, bedankten sich höflich und gingen geschlossen nach Hause, so als würden sie alle zusammenwohnen.

Nach so einer Veranstaltung blieb ich immer noch einen Tag da und unternahm wie weiland Lenin, mein

Namensvetter, einen Spaziergang an den Zürichsee, trank dort an der Uferpromenade das Milchserum Rivella, fütterte die Schwäne, bewunderte die Schweizer Jogger, die anders als in Deutschland ganz ohne Übergewicht, sozusagen freiwillig, um den See herumliefen, und erledigte meinen geheimen Auftrag: nämlich für meine Literaturagentin bei Sprüngli Luxemburgerli zu kaufen. Das tat ich bereits seit etlichen Jahren, und nichts veränderte sich am Zürichsee, nur die Schwäne wurden immer fetter und die Sprüngli immer teurer. Und jedes Mal genoss ich dieses alles bestimmende Gefühl der Richtigkeit, das einen wie mich in dieser Stadt unweigerlich überkommt.

»Diese Schweizer, die haben schon immer alles richtig gemacht. Im Zweifelsfalle gar nichts«, dachte ich jedes Mal. »Deswegen sind sie auch für ihre besonders genauen Uhren so berühmt, für einen Mechanismus, der als Symbol der Richtigkeit gilt. Die anderen Länder ringsum haben sich im Lauf der Geschichte immer mal wieder übernommen, zu große Pläne geschmiedet, zu heftig auf den Pudding gehauen und verheerende Niederlagen eingesteckt. Aber die Schweiz hat einfach nur richtig getickt.«

»Schwäne mit Sprüngli füttern verboten«, lästerte mein DJ-Kollege Jurij, der sich von den vielen Verbotsschildern am See inspirieren ließ. Einmal schrieb er sie sogar alle ab: »Hunde an die Leine!«, »Kinder an die Hand!«, »Kippen in die Abfallkörbe!«, »Betteln verboten!«, »Musik machen verboten!«

Mich fasziniert dagegen, dass diese Schilder anscheinend tatsächlich einen Einfluss auf das Volk haben. Sogar Kleinkinder verhalten sich meistens still, und die Hunde kacken nur auf Befehl in speziell dafür vorgesehene Tüten, so als könnten auch sie die Schilder lesen. Grundsätzlich ist ja fast alles in Zürich beschriftet. Auf vielen Bäumen kann man nachlesen, was es für einer ist, warum er gerade hier steht und wie lange schon. Sogar die Fische im See sind beschriftet, mit Schildern am Ufer, nur die Schwäne nicht. Ich weiß nicht, warum. Man sieht auch, dass einige Schilder fehlen. Wahrscheinlich haben Touristen sie als Souvenir abmontiert, weil es in Zürich so wenige Andenkenläden gibt.

Touristen werden hier quasi sich selbst überlassen und können frei durch die ganze Stadt streifen. Der aggressive Straßenverkauf, diese unausweichliche Begleiterscheinung aller europäischen Großstädte mit hoher Besucherfrequenz, fällt in Zürich mehr als harmlos aus. In Berlin sind inzwischen Hunderte in diese Branche eingestiegen. Außer nachgemachten Betonstückchen von der Berliner Mauer, erotischen Postkarten, mongolischen Zeitungen, raubkopierter oder selbst gemachter Musik, belegten Brötchen, ceylonesischen Rosen und polnischen Parfüms werden dort sogar Theaterkarten und Bildbände auf der Straße angeboten. Junge Dichter vertreiben ihre im Selbstverlag erschienenen Werke, und Ostberliner Frührentner verkaufen in den Biergärten ihre mit der Hand getippten Autobiografien, die *Mein Leben in der Zone* oder so ähnlich heißen. In Zürich wird dagegen so gut wie nichts auf der Straße verkauft. Es ist ja auch verboten, glaube ich.

Die meisten meiner Zürcher Freunde sind mit ihrem Leben in dieser wunderbaren Stadt trotzdem unzufrieden. Bei unseren Treffen muss ich jedes Mal ihre Stadt verteidigen:

»Ihr habt doch weltweit den ersten Platz in puncto Lebensqualität – noch vor Helsinki, Vancouver, Oslo und Bagdad!«, beschwöre ich sie.

»Was für eine Lebensqualität? Davon kriegen wir hier nichts mit!«, meckern meine Freunde. »Man kann hier nirgendwo falsch parken, fremde Leute notieren dein Kennzeichen und rufen sofort bei der Polizei an. Es ist wie ein großes Dorf – hier ist einfach nichts los.«

Das ist eine groteske Situation: Die ganze Welt sehnt sich nach Schweizer Verhältnissen, die Politiker von links und rechts loben das Schweizer Modell: Wohlstand, Föderalismus, Unabhängigkeit, Neutralität… Nur die Schweizer selbst zeigen sich enttäuscht. Na ja, denke ich jedes Mal: Es gibt anscheinend kein Land auf der Welt, das die Menschen wirklich glücklich macht. Es gibt jedoch Länder, in denen man sich der Enttäuschung besonders genüsslich hingeben kann.

Meine Sicht auf die Schweiz hatte also lange vor der Einladung des *Tagesanzeigers* durch zahlreiche Kontakte mit den Einheimischen bereits ihre Unschuld verloren. Deswegen beschloss ich, diesmal meine ganze Familie mit nach Zürich zu nehmen. Unsere beiden Kinder – Nicole und Sebastian, damals sieben und fünf Jahre alt – waren als Weltforscher noch völlig unverbraucht. Sie waren bisher nur einmal im Nordkaukasus bei meiner Schwiegermutter und dreimal auf Mallorca gewesen. Nun sollten sie die Schweiz aus »der Sicht eines Fremden« beurteilen und mir ihre Erkenntnisse verraten. Schon die Ankündigung der bevorstehenden Reise stieß bei ihnen auf große Begeisterung. Nicole erzählte ihren Schulkameraden, bald würde sie mit ihren Eltern nach Schweden fahren, in eine Stadt namens »Zurück«. Diese geografische Verwechslung erklärte sich dadurch, dass »Schweiz« und »Schweden« auf Russisch sehr ähnlich klingen. Sebastian packte also alle seine Schwerter und einen Bogen in die elterliche Reisetasche, um uns »vor den Schweden zu schützen«. Und Nicole machte sich Sorgen, ob wir auch genug schwedisches Geld besäßen.

Am zweiten August kamen wir mit dem Nachtzug aus

Berlin an. Am Tag zuvor hatten »die Schweden« ihren Nationalfeiertag begangen: die Befreiung der Schweiz durch Wilhelm Tell. Die Zeitungen berichteten ausführlich über die vielen Festreden und über die Schiller-Inszenierung am Rütli, die besonders von Rechtsradikalen besucht worden war, während die Linken mit Plakaten »Tell to Hell« durch Luzern marschiert waren. Auch dafür möchte ich die Schweiz loben, dass sie das erste und meines Wissens einzige Land der Welt ist, dessen Gründung durch den selbstlosen Einsatz eines Literaturhelden zustande kam. Davon können Robin Hood, der Hüne Ilja, Conan der Barbar oder Fantômas nur träumen.

»Siebzig Prozent der Bevölkerung waren bei der letzten Volksabstimmung gegen den Beitritt in die EU. Die Mehrheit der Schweizer ist nach wie vor sehr konservativ«, erzählten mir die Kollegen vom *Tagesanzeiger*. »Wilhelm Tell und das Bankgeheimnis, das sind die Mythen, auf denen dieses Land beruht.«

Ich konnte die Bedenken der Schweizer hinsichtlich der EU gut nachvollziehen. Es gibt für sie kaum einen Grund, irgendwo einzutreten. Warum ausgerechnet in die EU, wenn es doch auch ganz prima ohne geht? Draußen, in den neuen und alten Beitrittsländern, hegt man große Hoffnungen: Die einen versprechen sich von der erweiterten Union mehr Arbeitsplätze und Investitionen, die anderen mehr Gewicht in der Weltpolitik. Und alle werden früher oder später ernüchtert in die Ungewissheit steuern. Das hätte Wilhelm Tell sicher nicht gewollt.

Im Hotel Florhof fragten mich die Kinder beim Kofferauspacken: »Wer ist Wilhelm Tell?«

Ich versuchte, sie mit den herkömmlichen Mitteln aufzuklären, nahm Sebastians Plastikbogen und setzte ihm einen Apfel auf den Kopf. Unser pädagogischer Ausflug in die Schweizer Geschichte endete damit, dass der Apfel unter das Hotelbett rollte. Stattdessen schoss ich dann auf eine Banane, das war aber nicht mehr so spannend. Die Kinder fanden Wilhelm Tell trotzdem super und fragten mich anschließend, was denn ein Bankgeheimnis sei. Auch das hätte ich ihnen sofort erklären können, nur leider war unser Hotelobst alle. Also zogen wir uns dem heißen Wetter entsprechend an und gingen in Niederdorf spazieren. Wir hatten uns gleich für den ersten Tag ein anstrengendes Programm vorgenommen.

Am Bürkliplatz schifften wir uns ein und absolvierten zusammen mit einer freundlichen japanischen Reisegruppe eine Rundfahrt auf dem Zürichsee. Anschließend sonnten wir uns in Zürich Enge im Park und badeten dann mit den Schwänen zusammen, die wegen der Hitze alle mit dem Hintern nach oben im Wasser steckten und von den Kindern anfänglich für Bojen gehalten wurden. Die Schweizer im Park aßen ihre mitgebrachten Bio-Salate aus Plastikbechern und sahen dabei sehr gesund aus. Der einzige Übergewichtige – neben uns – entpuppte sich als Russe.

Meine Kinder kamen mit seinem Sohn ins Gespräch, der etwa in ihrem Alter war. Die Jungs tauschten Informationen über ihre Spielgewohnheiten aus. Sebastian erzählte dem Moskowiter, dass er aus Deutschland komme und zu Hause einen Gameboy habe, mit dem man permanent auf Monster schießen müsse. Der Junge bemerkte dazu, er komme aus Russland und habe zu Hause auch einen Gameboy. Auf seinem müsse man jedoch nicht auf Monster, sondern auf Deutsche schießen. Das sei aber ein großes Geheimnis, das Sebastian niemandem verraten dürfe, verriet uns Sebastian anschließend.

Am nächsten Tag fuhren wir in den Zürcher Zoo und besuchten dort die neue Regenwaldhalle. Anschließend drehten wir ein paar Runden über den Dächern der Stadt im Teufelsrad, das von drei jungen Albanern in Bewegung gehalten wurde. Wir probierten im Zentrum nacheinander alle Eissorten, die Zürich im Sommer zu bieten hat, und besuchten dann ein halbes Dutzend Restaurants mit einheimischer Küche.

Die Bewertung der Stadt durch die Kinder fiel eindeutig positiv aus. Sie fanden die Schweiz super, die Schwäne niedlich, außer einem, der Sebastian in den Finger gebissen hatte; die Menschen freundlich, außer einer Oma auf dem Schiff, die uns angeschrien hatte, sie hätte von uns Russen die Nase endgültig voll, nachdem Nicole ihr auf den Fuß getreten war; das Eis sehr lecker, außer Zitrone; die Rivella-Limonade ebenfalls, außer der blauen; alle Geldscheine bunt und lustig – und ganz schnell alle. Am besten gefielen ihnen in Zürich die Pinguine, die Krokodile, die Schlangen, Wilhelm Tell und der Hund im Park, der uns eine gute Stunde begleitete und auf jeden Namen hörte.

Wir verließen die Schweiz also mit einem guten Gefühl. Ob inner- oder außerhalb der EU, sie wird es schon richten. Unser Erwachsenen-Fazit: Von allen Ländern der Welt muss man sich um sie am wenigsten Sorgen machen.

Ehrliche Kinderaugen

Draußen im Hinterhaus ging plötzlich das Licht auf dem Balkon im dritten Stock an. Das kleine Kind stand auf dem beleuchteten Balkon und warf kleine Papierstückchen nach unten. Eigentlich nichts Ungewöhnliches, wenn es nicht gerade zwei Uhr nachts gewesen wäre. Der selbstsichere Junge schien keine Angst vor der Dunkelheit zu haben, er trieb sein Nachtspiel, während seine Eltern wahrscheinlich schliefen. Ich machte ihn auf mich aufmerksam und zeigte ihm die Faust. Er lächelte nur milde. Ein aufgeklärtes, durch nichts zu erschreckendes Kind mit zugekniffenen Augen und einer klaren Haltung, die man selbst in der Erwachsenenwelt nur selten findet. Diese Haltung sagte: »Du kannst mich mal«. Ich gab auf, vor allem wegen dieses Blicks. Als Papa mit zwölfjähriger Erfahrung habe ich inzwischen gelernt, zwei Arten von Kinderaugen zu unterscheiden. Die Kinder, denen viel erlaubt wird, schauen anders auf die Welt als ihre Altersgenossen, die unter der schweren Last der Erziehungsmaßnahmen ihrer Eltern leben müssen. Die aufgeklärten Kinder, die spät ins Bett gehen, im Kühlschrank wühlen und *Men in Black* schon mit sechs sehen dürfen, kneifen die Augen gerne zu. Die pädagogisch präparierten Kinder gucken dagegen mit großen runden Augen auf die Welt. Wenn sie etwas Unerlaubtes sehen, werden ihre Augen noch größer. Ich habe schon Kinder gesehen mit Augen wie eine Single-Schallplatte. Das passiert, weil einem das Unerlaubte von überallher ins Auge sticht und die Vielfalt der Welt sich nie mit einer pädagogischen Maßnahme bändigen lässt.

Einmal zeigte mein Sohn seinem Freund aus dem Kindergarten, der bei uns zu Besuch war, eine kurze Sequenz aus seinem damals von ihm heiß geliebten chinesischen Film – eine märchenhafte Geschichte über eine romantische Liebesbeziehung zwischen einer blinden Hexe und einem Zombie. Die Augen unseres Kindergartenfreundes, die auch ohne Film schon sehr groß waren, leuchteten danach wie zwei Billardkugeln im Scheinwerferlicht. Am nächsten Tag rief uns seine Mutter an. Sie erzählte, der Junge habe nach dem Besuch schlimme Albträume gehabt und die Augen überhaupt nicht mehr schließen können. Die Mutter wollte wissen, was bei uns los gewesen wäre.

»Keine Bange«, erklärte ich ihr, »es war bloß der Film.«

Nun darf das Kind mit unseren Kindern keine Filme mehr gucken, denn alles, was anders als Bambi aussieht, regt ihn zu sehr auf. Dabei haben wir oft auch andere Kinder zu Besuch – solche, die bei sich zu Hause im Bad Cello spielen, die sich selbst aus Waschlappen Kleider schneidern und Tapeten mit Buntstiften bemalen: die sogenannten schlitzäugigen Kinder, die Bambi für blöd halten und über *Men in Black* nur lachen. Ich sehe gerade für solche Kinder eine große Zukunft. Wenn sie größer sind, werden sie durch nichts mehr zu erschüttern sein, sie werden tapfer allen Ungereimtheiten der Welt entgegentreten, sich von Hexen und Zauberern nicht erschrecken lassen und alle Bambis abknallen. Sollten sie sich jemals von Gespenstern, bösen Geistern und blutrünstigen Monstern umgeben sehen, kneifen sie nur kurz die Augen zusammen, und sofort wird sich alles Dunkle der Welt vor diesem Blick fürchten und flüchten – in die Schlafzimmer der guten Kinder, die große runde Augen haben.

Familienweisheiten

Die Weisheit kommt mit dem Alter, weil man Zeit braucht, um aus dem Haufen alter Vorurteile, abgebrochener Leidenschaften und nicht verstandener Bücher seine persönliche Weisheit herauszufiltern. Leider nimmt diese Weisheit fast immer eine solch bizarre Form an, dass sie für die Nachkommen verschlüsselt bleibt und nicht zur Nachahmung taugt. Trotzdem mag ich die Weisheiten alter Leute, weil sie so irrsinnig sind.

Meine Urgroßmutter hatte es in Odessa auf das stolze Alter von neunzig Jahren gebracht. Sie war mit der Zeit klein wie ein Kind geworden, war fast blind und ans Bett gefesselt, behielt aber bis zum letzten Atemzug

146

einen klaren Kopf. Jeden, der sich ihrem Bett näherte, bat sie, ihr die Hand zu geben. Diese Hand drückte sie mit letzter Kraft und flüsterte: »Ich bitte Sie nur um eins: Essen Sie bloß keine Pilze!«

Mich als damals vierzehnjähriger Junge hat diese Bitte ziemlich irritiert. Wieso Pilze? Ich hätte wetten können, dass es in Odessa und Umgebung gar keine Pilze gab. Und meine Urgroßoma, die ihr ganzes Leben in dieser sonnigen Hafenstadt verbracht hatte, konnte Pilze höchstens einmal in einem Pilzratgeber gesehen haben.

Damals zerbrach ich mir darüber den Kopf. Was wollte uns meine Urgroßmutter damit sagen? Bestimmt wollte sie auf etwas ganz anderes hinaus, wir aber, im eigenen Leichtsinn gefangen, haben ihre wahre Botschaft hinter der lächerlichen Pilzwarnung nicht verstanden. Urgroßmama kam von diesem Thema nicht mehr los. Es blieben ihre letzten Worte. Ich folge dem Rat und esse seitdem keine Pilze mehr, für alle Fälle.

Meine andere Oma sprach lieber mit Menschen, die längst tot waren, als mit lebendigen Personen, die ständig irgendetwas von ihr wollten. Obwohl – die Toten meckerten ja auch. Einmal hatte sie ihren verstorbenen zweiten Mann im Schlaf gesehen. Er sah sie vorwurfsvoll an und meinte, sie habe ihn in schlechten Schuhen begraben. Die Schuhe drückten fürchterlich, er könne kaum darin stehen, vom Laufen ganz zu schweigen. Wie sehr würde er seine alten, gut ausgetretenen dunkelgrünen Pantoffeln hier im Jenseits vermissen!

»Was soll ich tun?«, fragte ihn meine Oma im Traum.

Er gab ihr eine Adresse, wo sie die Pantoffeln hinbringen sollte. Es waren völlig unbekannte Menschen, eine andere Postleitzahl und fünf Stationen mit der Bahn. Am folgenden Samstag fuhr meine Oma zu dem angegebenen Haus, in dem in der Nacht davor tatsächlich ein alter Mann gestorben war. Die Frauen des Hauses hatten nichts dagegen, dem Toten grüne Pantoffeln mit ins Grab zu geben. Mein Großvater ist danach meiner Oma noch mehrmals im Traum erschienen – mit grünen Pantoffeln an den Füßen, für die er sich herzlich bei ihr bedankte.

Mein Moskauer Onkel, ein Mann, der sich trotz exzessiven Trinkens und Rauchens mit fünfundsiebzig Jahren bester Gesundheit erfreute, ein ehemaliger Matrose, Schütze auf einem Torpedoboot, der drei Ehefrauen zu Grabe getragen und noch mehr durch seinen Lebenswandel verscheucht hatte, philosophierte gern über den Sinn des Lebens, besonders am Nachmittag.

»Du kannst praktisch alles machen«, riet mir mein Onkel, »trink nur niemals Gin. Gin bringt Unglück.«

Diese seine letzten Worte sind mir bis heute in Erinnerung geblieben. Auf jeden Fall habe ich seitdem großes Mitleid mit Leuten, die sich einen Gin Tonic nach dem anderen bestellen – ich mache da nicht mit.

Johann Wolfgang von Goethe hatte bekanntlich ebenfalls ein sehr langes Leben. Wie schlau er geworden ist, lässt sich aus heutiger Sicht nur noch schwer erahnen. Ich nehme an, er war sehr weise. Seine angeblich letzte pathetische Aussage »Mehr Licht!«, die eher nach einer beleidigten Rockband klingt als nach einem Philosophen, ist nicht verbürgt. In der Überlieferung des Weimarer Prinzenerziehers Frédéric Soret soll Goethe als Letztes »Frauenzimmerchen, Frauenzimmerchen, gibt mir dein Pfötchen!« gesagt und damit seine Weisheit endgültig zum Ausdruck gebracht haben.

Kaninchen

Was macht aus einem normalen Menschen einen
Schriftsteller? Die Wege der Muse sind nicht nachvoll-
ziehbar. Bei mir war zum Beispiel das Arbeitsamt der
Auslöser. Ich hatte damals einen furchtbar langweiligen
Job: Bei einer als »internationale Theaterwerkstatt« ge-
tarnten Arbeitsbeschaffungsmaßnahme musste ich Te-
lefon- und Bürodienst machen. Damals fing der Staat
gerade an, seinen Leistungsbeziehern gegenüber Miss-
trauen zu entwickeln. Einmal am Tag bekamen wir einen Kontrollanruf vom Arbeitsamt. Wenn niemand ans
Telefon gegangen wäre, hätte das Amt unsere Werkstatt
wahrscheinlich sofort abgewickelt. Damit das nicht
passierte, saßen immer mindestens drei Mitarbeiter

im Büro. Jeder hatte einen Computer vor sich stehen. Meine Kollegen schossen damit tagein, tagaus virtuelle Moorhühner ab, mir taten die niedlichen Vögel leid.

Am Ende des Arbeitstages mussten wir einen kurzen Bericht für das Arbeitsamt verfassen, eine Bestandsaufnahme der getanen Arbeit. Weil meine Kollegen sich bei ihrer Moorhühner-Vernichtung immer die Finger taub geschossen hatten, übernahm ich das Abfassen der Berichte. Ich erstellte stets zwei davon: einen offiziellen Bericht für das Arbeitsamt, in dem stand, wie sich unsere Werkstatt bis dahin entwickelt hatte, und einen inoffiziellen, mit genauen Angaben darüber, wie viele Moorhühner welcher Kollege mit welcher Hand geschossen hatte und wie die anderen Kollegen darauf reagiert hatten. Der erste Bericht wurde zu den Akten gelegt, der zweite am Ende des Tages intern vorgelesen.

Nun ist das Ganze längst Vergangenheit. Die Theaterwerkstatt wurde vor einem Jahrzehnt geschlossen, die Arbeitsbeschaffungsmaßnahmen sind alle gestrichen, und die Computer-Moorhühner fliegen heute mit einer ganz anderen Geschwindigkeit über die Bildschirme. Sie sehen auch nicht mehr so niedlich aus. Trotzdem verfasse ich weiter meine täglichen Dienstberichte. Ich kann einfach nicht damit aufhören. Aus heutiger Sicht würde ich deswegen behaupten, das Arbeitsamt war der Auslöser für meine literarische Karriere.

Bei meiner Tochter verursachte dagegen ein Kaninchen eine plötzliche Kreativitätsanwandlung. Einmal, kurz vor Ostern, sah sie im Fernsehen ein Riesenkaninchen aus Spandau, das angeblich siebzig Jahre alt war. Das Tier war dort im Hof eines Mehrfamilienhauses zu einem regelrechten Pitbull herangewachsen, mit einer Ohrenlänge von über fünfunddreißig Zentimetern. Für den Fernsehzuschauer wirkte es völlig verloren und die Kinder hatten wahrscheinlich Angst vor einem solchen Ungeheuer. Das Tier saß die ganze Zeit in seinem Gehege und passte auf die Fahrräder der Hausbewohner auf. Anstatt die Gegend auf radioaktive Strahlung zu untersuchen, freuten sich die Spandauer wie verrückt über dieses Rekordkaninchen, und die Medien machten alle mit. Meine Tochter war von dem Tier ebenfalls fasziniert und fing auf der Stelle an, ihren ersten Roman mit dem Titel *Das doofe Kaninchen* in meinen Computer zu tippen. Ich dachte, das geht vorüber, und wartete geduldig ab.

Schon bald starb das Wunder von Spandau an Übergewicht, aber meine Tochter schrieb trotzdem weiter. Bei uns im Haus schreiben sowieso alle, außer meiner Schwiegermutter, die ihr künstlerisches Ich im Kochen und Fotografieren ausdrückt. Bald beschwerte sich meine Tochter jedoch, ihr Roman sei ihr zu verworren geraten, mit Zeitsprüngen und sehr vielen Figuren, die irgendwann auftauchen, an die sie sich als Autorin dann aber nicht mehr erinnern könne. Die Geschichte sei zu komplex, meinte sie, ein bisschen wie *Krieg und Frieden,* nur mit Tieren. Ob das die Leser nicht abschrecken würde, fragte sie mich und bat um Rat. Ich las zuerst alles durch. Es war kein leichter Stoff. Der Hauptheld des Romans, ein lustiges Kaninchen aus Spandau, wird Zeuge eines furchtbaren Verbrechens, kommt danach selbst in den Knast wegen eines unbewaffneten Raubüberfalls, heiratet nach seiner Entlassung eine Krankenschwester namens Nelly und fängt als Privatdetektiv in Spandau an. Nebenbei macht er noch den Steuerberater für die Berliner Mafia. Irgendwie ist er ab Seite zwei kein richtiges Kaninchen mehr. Das aber im Klartext zu schreiben, traute sich meine Tochter nicht.

»Die Verwirrung kommt daher, Liebes, dass du noch nie mit einem echten Kaninchen zusammengelebt hast«, sagte ich. »Du weißt nicht, wie sie ticken, wie sie denken und handeln.«

Damit sie die notwendigen Erfahrungen sammeln konnte, beschlossen wir sofort, im Hof unseres Hauses ein paar Kaninchen einzuquartieren. Das konnten wir natürlich nicht auf eigene Faust tun. Dazu brauchten wir die Zustimmung der Nachbarn. In einem hauseigenen Chat erläuterte ich meine Absicht, unserem Haus ein paar Kaninchen zur freien Nutzung für alle zur Verfügung zu stellen und damit die allgemeine Lebensqualität der Bewohner zu steigern. Nicht alle Nachbarn reagierten begeistert. Etliche hatten Bedenken und bestanden auf einem offiziellen Treffen. Also beriefen wir kurzfristig eine Kaninchenkonferenz auf dem Hof ein. Es war die erste und längste in einer ganzen Reihe weiterer Kaninchenkonferenzen. Sie dauerte sechs Stunden.

Erst einmal mussten die Anschaffungs- und Haltungskosten besprochen sowie die Zuständigkeiten geklärt werden. Auch die möglichen Auswirkungen der Kaninchen auf den Alltag des Hauses wurden diskutiert. Familie Ersali aus dem Parterre fühlte sich übergangen. Wie es aussah, durften nun ihre beiden Katzen Marx und Engels nicht mehr zu jeder Zeit auf den Hof gelassen werden. Familie Mayer gab zu bedenken, dass der plötzliche Tod eines Kaninchens bei den Kindern eine geistige Krise verursachen könnte. Es müsste von daher die medizinische Versorgung der Tiere gewährleistet werden.

Bei den fortlaufenden Kaninchengesprächen bildeten sich schon bald verschiedene Interessenparteien heraus, die ziemlich genau die Zusammensetzung des Deutschen Bundestages nachahmten. Unsere SPD sorgte sich in erster Linie um eine gerechte Verteilung der Arbeitsschichten bei der Pflege und Fütterung der Tiere. Die CDU erinnerte an die Sicherheit der Kaninchen und forderte sofortigen Hausarrest für Marx und Engels. Die Grünen liehen sich in der Bibliothek jede Menge Fachliteratur über Kaninchen aus und wussten bald alles besser: Man durfte den Tieren nicht mehr als hundert Gramm Futter am Tag geben. Jede zusätzliche Kalorie wäre der reinste Tierversuch, trumpften sie mit ihrem neu erworbenen Wissen auf.

Die kleine, aber feine liberale Fraktion des Hauses vertrat die These, unsere Kaninchen bräuchten gar kein Gehege und auch keine Angst vor wilden Katzen zu haben. Sie sollten frei leben, und wenn sie dann doch unter die Krallen von Marx oder Engels gerieten, dann sollten sie eben frei sterben, und wir müssten eben neue Kaninchen kaufen. Es kam aber auch Nützliches aus dieser Ecke. Die Liberale Fraktion kannte einen Tierarzt, der bereit war, unsere Kaninchen prophylaktisch zu impfen – preiswert und steuerfrei.

Nur einer aus dem Haus ließ sich von der allgemeinen Kaninchenbegeisterung nicht anstecken: der Grieche aus dem vierten Stock, der bei Schering arbeitete. Er saß schweigend neben uns, gähnte und betrachtete die Nachbarn mit einem schamlosen Lächeln, als wollte er sagen, ihr seid selber alle Kaninchen. Euch müsste man eigentlich impfen. Steuerfrei.

Am nächsten Tag wurde die Kaninchenkonferenz in der Wohnung eines Nachbarn fortgesetzt. Noch nie gab es so viel Gesprächsstoff in unserem Haus, noch nie hatten die Nachbarn so viel Zeit miteinander verbracht. Wir versammelten uns beinahe täglich mal bei den einen, mal bei den anderen Nachbarn, um weitere Kaninchenprobleme zu besprechen. Jeder brachte etwas zu essen und zu trinken mit. Etliche Hausbewohner, die früher kaum ein Wort miteinander gewechselt hatten, stießen plötzlich auf gemeinsame Interessen.

»Kaninchen verbinden Menschen«, witzelte der Grieche aus dem vierten Stock. Er nahm an den Konferenzen nicht mehr teil.

Eine Woche später wurde das Gehege geliefert. Ein Nachbar, der als Arbeitstherapeut minderjährigen Sexualstraftätern aus Brandenburg das Tischlern beibrachte, hatte es an seiner Arbeitsstelle anfertigen lassen. Die Sexualstraftäter hatten tolle Arbeit geleistet: Alles war nach den neuesten Erkenntnissen der Kaninchenstallarchitektur gebaut worden. Andere Nachbarn hatten bereits Futter und Stroh gekauft. Nur die Tiere fehlten noch.

Am nächsten Tag ging ich im Einkaufscenter am Gesundbrunnen in einen Zooladen, um die Kaninchen zu kaufen: vier Mädchen mit kleinen Ohren, lautete der Beschluss unseres Bundestages. Ich hatte zwar nicht ganz verstanden, was sie gegen Jungs mit großen Ohren hatten, aber nachzufragen hatte ich auch nicht gewagt. Ich wollte nicht noch eine Feminismusdebatte im Haus anstoßen. Wahrscheinlich hatte diese Art von Geschlechterdiskriminierung etwas damit zu tun, dass in unserem Haus mehrere alleinerziehende Mütter wohnten, die sich bei männlichen Kaninchen an ihre Verflossenen erinnern könnten, dachte ich.

Wegen Ostern befanden sich die Tierchen nicht mehr im Zoogeschäft, sondern in einem Gehege in der Mitte des Einkaufzentrums auf einer großen Kaninchenwiese und animierten das Publikum zu wildem Konsumieren.

»Vier Mädchen mit kleinen Ohren, bitte«, sagte ich.

Fünf Mitarbeiter halfen mir, die richtigen einzufangen. Sie rannten auf der Kunstwiese den kleinen Tierchen hinterher, stolperten und fielen übereinander, während die Kaninchen wie wild hin und her sprangen und das Publikum im Kaufhaus sich prächtig amüsierte. Dieses Durcheinander hatte zur Folge, dass am Ende in der Schachtel mit den vier Kaninchen zwei eigentlich Meerschweinchen waren. Ich schämte mich jedoch, vor allen Nachbarn öffentlich zuzugeben, dass man mich so leicht über den Tisch gezogen hatte. Deswegen kündigte ich sie als gewollt an. Die Meerschweinchen hatten lustige Punkfrisuren und bekamen von uns den Namen »Sex Pistols«. Die Kaninchen wurden dann fast zwangsläufig »The Beatles« genannt.

Sie wurden im Hof wie alte Freunde empfangen. Jeder im Haus wusste, wann sie zu füttern waren, wann sie Wasser brauchten und wann Freigang angesagt war. Meine Tochter fertigte eine Tabelle an und hängte sie neben dem Gehege auf. Dort sollten die täglichen hundert Gramm Futter vom diensthabenden Pfleger vermerkt werden.

Drei Tage später hatte ich einen Job – ich musste als DJ in einem Klub die ganze Nacht lang Musik auflegen. Erst um sechs Uhr früh kam ich nach Hause. Müde stand ich auf dem Balkon und sah den Griechen, der gerade zur Arbeit musste. Er ging über den Hof, schaute nach links und rechts, lief zum Kaninchenstall, nahm das Dach ab, streichelte die Tiere und steckte sie mit dem Ausruf »Arme Schweine!« in den großen Futtersack, der in der Ecke stand. Unsere ganze Hausordnung war für die Katz.

Döndü

In archaischen Macho-Gesellschaften braucht jeder Vater einen Sohn, sonst lachen ihn die Nachbarn aus. Er braucht den Sohn außerdem, um ihm seinen Säbel und sein Pferd zu überlassen, und strengt sich von daher unglaublich an, einen echten Stammhalter zu zeugen. Oft kommen jedoch nur Mädchen dabei raus. Dieses Phänomen nennt sich »kinderreiche Familie«. In Russland zum Beispiel sagt man, wenn jemand mehr als drei Töchter hat: »Der Mann hat nachgeschlagen«. Soll heißen, er hat das Schicksal herausgefordert, er lässt nicht locker. Hierbei kommt die Natur des Macho-Mannes zum Vorschein. Er zockt nämlich gerne. Ähnlich wie beim Roulette, wenn man zigmal hintereinander auf die

gleiche Farbe setzt und den Einsatz dabei stets verdop-
pelt, denken manche, mit jeder neuen Tochter würden
die Chancen auf einen Sohn steigen. Der Spieler glaubt,
der Zockergott würde es nicht zulassen, dass die Farbe Rot zwanzigmal hintereinander kommt, doch er irrt
sich gewaltig. Dem Zockergott ist nämlich jede Farbe
gleich und jedes Kind willkommen, er hält sowieso die
Bank und hat Zeit bis zum Abwinken und mehr. Der
Mann hat nur ein paar Jahrzehnte für seine Selbstver-
wirklichung.

Es gibt in Russland viele Nachschlagewerke, Sachbücher und Ratgeber zum Problem »Wie kriege ich einen
Sohn«. Die populärsten Methoden werden jedoch durch
Mundpropaganda verbreitet. So sagt man, dass sich bei
jedem Menschen in regelmäßigen Abständen das Blut
erneuert. Bei Frauen alle vier, bei Männern alle drei
Jahre. Wer zur Zeit der Zeugung frischeres Blut hat,
dessen Geschlecht setzt sich durch. Eine andere Theorie besagt, dass sich die schwächeren Geschlechter re-
produzieren. Daher muss, wenn man einen Jungen haben will, vor allem die Frau gut gefüttert und unterhalten, der Mann dagegen gefoltert und ausgehungert
werden. Außerdem haben Männer einen sehr speziellen
Aberglauben: Danach sollen die unterschiedlichen Geschlechter jeweils in den Hoden stecken. Im linken die
Mädchen, im rechten die Jungs. Und wer sich während

der Zeugung das rechte Ei drückt, der kann das Geschlecht des Kindes steuern.

Trotz der vielen Ratgeber und einfallsreichen Tricks kommen nach wie vor sehr viele Mädchen in Russland auf die Welt. Da können die Männer noch so lange anfassen und pressen, abrasieren oder wachsen lassen. Selbst die Wissenschaft ist da machtlos.

In der Türkei, so erzählte mir neulich eine türkischstämmige Schriftstellerkollegin, haben die Männer das gleiche Problem. Wenn sie dort mehr als eine Tochter bekommen, geben sie dem Mädchen den magischen Namen Döndü. Der Name bedeutet so viel wie »Wende dich« oder »Sei gedreht«. Dieser Name gilt als Garantie dafür, dass das nächste Kind ein Junge wird. Wenn dann trotzdem noch ein Mädchen kommt, wird auch das Döndü genannt, so lange eben, bis sich das Blatt wendet.

Die Verwendung dieser Methode hatte zur Folge, dass sehr viele Frauen in der Türkei Döndü heißen. Die Döndüs gelten als kompliziert. Sie haben in der Regel Schwierigkeiten, einen Lebenspartner zu finden, sind dafür aber sehr fleißig und karriereorientiert, als wollten sie sich selbst und der Welt beweisen, dass sie nicht umsonst geboren wurden. Oft erringen sie große Autorität und tragen große Verantwortung in ihrem Umfeld. Angela Merkel wäre vom Typus her eine typische Döndü, meinte meine türkische Kollegin. Sie selbst heißt Dilek, das heißt so viel wie »Zunge« oder »Sprache«.

In Deutschland sind die archaischen Männer glücklicherweise entspannter. Sie freuen sich über jedes Kind, Hauptsache das Kindergeld kommt pünktlich. Und trotzdem kann man auch hier viele Döndüs finden. Ich glaube, irgendwann wird die Welt nur noch von Döndüs regiert. Sie schnappen den Männern alle Posten weg, sperren ihre Pferde in Ställe und schmieden die Säbel zu Kochlöffeln um. Globalisierung wird kein Thema mehr sein, alle werden nur noch von der Döndürisierung reden.

Menschenmaße

Die Berliner Hitze trieb alle Menschen in den Park und
zog sie aus. Auch wir gingen dorthin, um den anderen
bei ihren Freizeitspäßen zuzuschauen. Kleine Jungs liefen auf dem Rasen hintereinander her und schrien. Als
wir näher kamen, stellten wir fest: Die Jungs spielten
in Wirklichkeit Fußball, nur mit veränderten Regeln.
Wenn der Ball einen der Spieler ins Gesicht oder unter die Gürtellinie traf, galt dies als Tor. Zwei Studenten
spielten daneben Badminton. Sie schwangen ihre Schlä-
ger so hart durch die Luft, als ob sie einander mit dem
Federball erschlagen wollten. Der Federball verlor mit
jedem Schlag mächtig Federn und erinnerte auch sonst
an ein Küken in Schwierigkeiten. Noch ein paar solche

Flüge, dachten wir, und der Federball fängt an zu gackern.

In der Mitte der Wiese bewarfen sich zwei ältere Männer mit einer neuartigen Variante einer Frisbeescheibe. Das heißt, sie taten so, als würden sie diese Flugscheibe einander zuwerfen, in Wirklichkeit aber wollte jeder von beiden eindeutig als Einziger das Spielfeld verlassen, am besten mit dem abgeschlagenen Kopf des Gegners in einer Tüte. Dieses neue fliegende Objekt hatte eine bessere Aerodynamik und war deutlich größer als ein herkömmliches Frisbee. Es flog schneller, leiser und weiter. Eine falsche Bewegung, und der Kopf wäre weg vom Fenster.

Im Schatten des Wasserfalls saßen einige ältere Parkbesucher auf einer Bank und spielten Schach mit einer Schachuhr. Hinter der Bank standen ihre Fans und beobachteten schweigend ihre Spielzüge. Doch auch bei dieser intellektuellen Freizeitbeschäftigung brannte die Luft. Die Spieler hauten jedes Mal mit einer derartigen Gewalt auf die Uhr, dass die Figuren auf dem Schachbrett hochsprangen.

»Männer sind so doof«, meinte meine Tochter. »Ständig wollen sie miteinander konkurrieren. Ich frage mich im Ernst, können Männer Freunde sein?«

Für eine Elfjährige ganz schön clever, dachte ich, sagte aber: »Nein, Liebling, Männer können keine richtigen Freunde sein. Selbst die besten Freunde müssen sich ständig aneinander messen, in allem, was sie haben und tun. Bewusst, unbewusst, unterbewusst. Und auch wenn sie so tun, als wäre ihnen alles scheißegal, messen sie sich trotzdem – in ihrer Gleichgültigkeit. Männer sind so.«

Während meine Tochter die Männer im Park beobachtete, richtete sich mein Blick auf die Frauen. Die weiblichen Parkbesucher wirkten ruhig und entspannt. Sie saßen oder lagen im Gras mit einem Buch oder einem Magazin vor der Nase und mit dem Hintern zur Sonne. Sie wirkten locker, doch in Wirklichkeit maßen auch sie sich aneinander, nicht weniger als die Männer, sogar mehr. Mit ihren Kleidern, ihren Höschen, Sonnenbrillen, ihrem Haar, ihren Beinen, ihren Posen und Mösen, mit allem, was sie hatten, maßen sie sich aneinander und an der Welt. Nur anders als die Männer taten sie es indirekt, ohne einander mit dem Federball zu erschlagen. Sie würdigten einander keines Blickes, trotzdem wussten sie ganz genau, wer auf dieser speziellen Wiese in diesem speziellen Park am schärfsten wirkte.

In unserem Park war es ohne Zweifel die Eisverkäuferin in der Imbissbude neben dem Wasserfall. Jedes Mal, wenn sie sich in ihrem Minirock nach vorne beugte, um die Plastikbecher von den drei Tischen abzuräumen, fiel der Federball ins Gras, der Frisbee-Spieler bekam die Scheibe an den Kopf, und gleich mehrere Rentner entschieden sich für einen verhängnisvollen Zug. Die Verkäuferin wusste von ihrer Wirkung und ging öfter abräumen, als es die Gaststättenordnung vorsah. Nur die ganz jungen präpubertären Fußballer liefen selbstvergessen weiter dem Ball hinterher.

Angesichts dieser Situation kam mir ein Gedicht in den Sinn, das ein alter Freund von mir verfasst hatte. Es ging darin auch um die Wettbewerbsfähigkeit innerhalb einer Erholungsanlage:

Die Mädels stritten in einer Bar,
Wer hat im Schritt das lockigere Haar.
Schnell wurde klar, das lockigste Haar
Hatte noch immer die Chefin der Bar.

Viele Jahre sind seitdem vergangen, die Bar ist längst planiert und die Mädels wahrscheinlich Omas geworden. Die Problematik ist aber im Großen und Ganzen auch heute noch aktuell, wenn auch in ihr Gegenteil gekippt. Heute sind die Glattrasierten am schicksten, ist der- und vor allem diejenige am schicksten, die sich am saubersten die Scham rasiert hat und auch sonst überall glatt rasiert ist.

Einladungen

Als Figur des öffentlichen Lebens werde ich oft und überallhin eingeladen. Es bedurfte eines zweiten Briefkastens in unserem Treppenhaus, um alle Einladungen entgegenzunehmen, die an unsere Adresse gesendet werden. Die Nachbarn schauen mich schräg an, wenn ich meine Post nach oben trage. Sie halten mich für einen Spaßvogel. Doch was soll man in dieser Stadt noch tun, außer ausgehen? Berlin ist kein Ort der Produktion, sondern der Präsentation. Es präsentiert in erster Linie sich selbst, dann die deutsche Wiedervereinigung, die Rolle Deutschlands in der EU, die wachsende Kraft der hiesigen Wirtschaft und die kreative »Berliner Kunstszene«, in der sich Ost und West gegenseitig grüßen. Diese einst von der Außenwelt abgeschnittene, beinahe geschlossene Stadt wurde nicht umsonst zum Maskottchen des neuen weltoffenen Deutschlands gewählt. Und eine Menge Leute müssen sich hier seit Jahren ihres Jobs wegen ausschließlich von Cocktails und Häppchen ernähren. Als Berliner Repräsentanten haben sie für ein anständiges Essen keine Zeit, sie springen die ganze Zeit von Party zu Party, von Empfang zu Empfang.

Zu den Berliner Partys werden natürlich keine echten Berliner eingeladen, die sind nicht glamourös genug und oft sogar ziemlich hinterwäldlerisch. Die echten Berliner können nicht fein in die Kameras lächeln, viele Männer tragen Ringe in der Nase, die Frauen haben ein Arschgeweih und stellen es auch noch öffentlich zur Schau. Die echten Berliner trifft man nicht auf den Cocktailpartys am Potsdamer Platz, sie stehen lieber irgendwo unter der U-Bahn-Brücke mit einer Currywurst hinter der Backe.

Zu den schicken Empfängen wird die sogenannte Prominenz eingeladen. Das sind Profis, in erster Linie Schauspieler und Politiker, die für öffentliches Feiern geschult sind. Wie man diese Leute zu jedem Anlass zusammenbringt, ist mir bis heute ein Rätsel. Es existiert anscheinend irgendwo in der Stadt eine geheime Liste, auf der alle Promis mit Namen und Adressen geführt werden. Egal, ob der Bürgermeister eine Party schmeißt

oder ein Botschafter, ein Wirtschaftsboss oder die Stiftung Deutsche Schlaganfall-Hilfe zu einem Golfturnier
einlädt, es sind fast immer die gleichen Gesichter, die
dort auftauchen: lokale Politiker, Journalisten, Nachrichtensprecher und TV-Seriendarsteller, die hier eine
Art kleines, schmuddeliges, deutsches Hollywood gebildet haben und fleißig die Schlagzeilen für die Klatschpresse und Frischfleisch für die Talkshows liefern.

Na gut, ich weiß, dass ich mit meiner Schilderung des
Berliner Nachtlebens etwas übertreibe. Natürlich ist das
Partyvolk in der Stadt nicht ganz so einfältig. Wenn zum
Beispiel die russische Botschaft ihren Ball zum Tag der
Unabhängigkeit übt, kommen dort mehr Russen zusammen, als dem Botschafter lieb ist. Er will verständlicherweise die einheimischen Deutschen, am besten
Politiker, begrüßen. Diese haben jedoch Russenangst,
und so kommen fast nur Landsleute zum Feiern in die
Botschaft. Dabei ragen die Angehörigen zweier Berufsgruppen besonders heraus: die vom Ballett und die von
der Armee. Beide Berufsgruppen stechen vor allem wegen ihrer hervorragenden Körperhaltung ins Auge. Sie
halten ihren Rücken steil gerade und gehen mit hochgerecktem Kinn durch den Saal. Die Angehörigen der
russischen Armee fallen natürlich zusätzlich durch ihre
bunten Paradeuniformen auf, während die Balletttänzer
bevorzugt in Zivil erscheinen.

Wenn der Berliner Bürgermeister eine Party schmeißt, dürfen dagegen ein paar trashige Transen nicht fehlen, genauso wenig wie andere sexuelle Minderheiten, die das politische Pferdchen des Bürgermeisters sind. Und wenn ein Filmverleih zu der deutschen Premiere eines amerikanischen Zeichentrickfilms einlädt, kommen statt Kindern ganz viele erwachsene Computerspezialisten zum Kino am Potsdamer Platz.

Wir werden allerdings überallhin eingeladen, ob ins Außenministerium, zum Chirurgenkongress oder zur feierlichen Eröffnung der Grünen Woche. Meine Frau sortiert die Einladungen in zwei Stapel nach »wichtig« und »unwichtig«. Zu »wichtig« gehören solche Einladungen, auf denen unten steht, ein Abendkleid sei die angebrachte Erscheinungsform. Die Männer sind in solchen Fällen zum Frack verpflichtet. In der Garderobe meiner Frau haben sich im Laufe der Jahre etliche schicke Abendkleider angesammelt, die seit Langem getragen werden wollen. Sie wurden von den besten Designern der Welt nicht dafür kreiert, in der dunklen Kammer neben dem Schlafzimmer zu hängen. Die Kleider müssen an die Öffentlichkeit.

Doch seit unserer Hochzeit vor dreizehn Jahren hatte meine Frau kaum einen Anlass, ihre Abendkleider zu tragen. Außer der obligatorischen Geburtstagsfeier, die wir traditionell als Grillparty zelebrieren, der Einschulung der Kinder und einer gelungenen Blinddarm-Entfernung gab es keine besonders wichtigen Tage in unserem nicht besonders glamourösen Leben. Der Alltag meiner Frau, der zwischen unserem Schrebergarten, der Kaufhalle Real im Gesundbrunnenzentrum, dem Einkaufszentrum Schönhauser Allee Arcaden und der Russendisko im Kaffee Burger abläuft, bietet keine Gelegenheit, schicke Abendkleider zu tragen.

Im Schrebergarten reckt man sowieso die ganze Zeit in den Beeten den Hintern der Sonne entgegen, da geht ein Abendkleid schnell kaputt. Noch schneller würde es im Getümmel der Russendisko kaputtgehen, wo meine Frau bereits seit der allerersten Veranstaltung an der Kasse sitzt. Im Burger verwandelt sich außerdem grundsätzlich jedes Kleid schnell in ein Nikotinpflaster, wegen der Besonderheiten der dortigen Luftanlage. In der Kaufhalle Real in einem Abendkleid zwischen den Regalen spazieren zu gehen, wäre zwar theoretisch möglich, macht aber wenig Sinn. Deswegen freut sich meine Frau über manche Einladungen wie verrückt. Besonders haben es ihr die sogenannten Cocktailpartys im KaDeWe angetan.

Dieses Kaufhaus hatte eigentlich schon immer, seit seiner Eröffnung vor hundert Jahren, bei den Russen einen besonderen Status. Ob Kommunisten auf einer Propaganda-Reise, Weißgardisten auf der Flucht, Künstler

im Exil, Dichter, Denker, Spione oder Kosakenchöre –
sie alle waren schon einmal in der Tauentzienstrasse einkaufen und haben ihren Konsum in mittlerweile unzähligen Memoiren und Tagebüchern verewigt. Besonders
beliebt waren bei den Russen zwei Etagen: die Frauen-
unterwäsche- und die Lebensmittelabteilung. Auch der
Pfeifenladen im Erdgeschoss wird oft in Memoiren er-
wähnt. Nicht einmal eine Zeile waren dagegen die Sport-
warenabteilung oder die Buchhandlung im KaDeWe
in den Erinnerungen wert, und ich sehe einen tieferen
Sinn darin. So stellen sich damals wie heute die Russen
das süße Leben im Kapitalismus vor: als ewiges Pen-
deln zwischen der Frauenunterwäsche und der Lebensmittelabteilung, mit einer Pfeife zwischendurch. Und
sie haben gar nicht mal so Unrecht.

Traditionell ist meine Frau also besonders auf die Partys gespannt, die im KaDeWe stattfinden. Dort geht es
nicht so volkstümlich zu wie im Roten Rathaus und nicht
so exklusiv wie im Hotel Adlon. Im KaDeWe wird nur zu
ganz besonderen Anlässen gefeiert. Wenn zum Beispiel
ein neuer Jahrgang einer seltenen Champagnermarke auf
den Markt kommt oder eine schweineteure Uhrenmar-
ke ihr hundertfünfzigstes Jubiläum feiert, dann wird das
Erdgeschoss in Schwarz dekoriert und bunte, mit Gold
beschriftete Einladungskarten werden rausgeschickt.

Auch meine Frau und ich stehen in der Prominentenkartei. Auch wir könnten uns, wenn wir wollten, nur von Partys ernähren, die Kinder für immer zu meiner Oma in den Kaukasus schicken, die Katzen ins Tierheim nach Falkenberg, die Wohnung in eine Lagerhalle für Fracks und Abendkleider umwandeln und selber Abend für Abend von Party zur Party schlendern, Zigarren qualmen und Champagner schlürfen.

Aber wir gehen so gut wie nie aus. Das Problem bin ich. Ich langweile mich fürchterlich auf diesen Partys. Ich kenne die Fernsehseriendarsteller nicht, dauernd zu grinsen liegt mir auch nicht, und vom Champagner bekomme ich Bauchschmerzen. Lieber gehe ich mit ein paar Freunden angeln, als dass ich mich zum Empfang irgendeines Ministers durchringe. Meiner Frau bleibt nichts anderes übrig, als das zu akzeptieren. Und deswegen landen alle »wichtigen« sowie »unwichtigen« Einladungen nach dem Aussortieren im Müll. Nur bei der russischen Botschaft schauen wir einmal im Jahr vorbei, weil sie da tolle eingelegte Gurken servieren. Ich habe den Botschafter schon mehrmals auf das Geheimnis der Gurken angesprochen, er wollte es aber nicht preisgeben. Ich glaube, die Gurken werden in Moskau von höchster Stelle persönlich eingelegt. Und einmal im Jahr gehen wir auch ins KaDeWe. Denn ein bisschen Champagner muss auch sein. Den Rest des Jahres bleiben wir aber unter uns.

Manchmal, an einem dunklen Februarnachmittag, zieht meine Frau unvermittelt ein Abendkleid an, schmückt sich, schiebt eine CD mit Opernarien in das Abspielgerät in der Küche und flattert wie ein großer exotischer Vogel durch die Wohnung, begleitet von Katzen, Kindern und Meerschweinchen. Auf diese Weise holt sie sich den fehlenden Glamour.

P. S. Natürlich könnte meine Frau rein theoretisch auch allein oder mit einer Freundin zu diesen Feiern gehen, aber auf diesen Karten steht immer: »Wir laden herzlich ein, Herrn Kaminer mit Begleitung.« Und Begleitung ohne Herrn Kaminer würde gegen die Regeln des Partylebens verstoßen.

Einmal ging meine Frau trotzdem mit einer solchen Einladung allein zu einer Cocktailparty am Potsdamer Platz.

»Sind Sie Herr Kaminer?«, fragte sie ein freundlicher kahler Türsteher mit abgerissenem Ohrläppchen. Hätte sie »Ja« gesagt, wäre sie sicher problemlos reingekommen. Meine Frau sieht klein und süß aus, ist aber im Kern hart wie Stahl. Sie hat schon mal bei der Russendisko einen Dieb mit der bloßen Faust niedergestreckt und betrunkene Punks zusammen mit ihren Eltern rausgeworfen, weil sie sich über Frauen im Allgemeinem abschätzig geäußert hatten. Aber ein Abendkleid kann auch harte Menschen weich machen. Auf die Frage, ob sie Herr Kaminer sei, erwiderte meine Frau: »Nein, aber ich bin die Begleitung.«

Der Türsteher erklärte ihr, es gehe aber nicht, dass die Begleitung in Abwesenheit der begleitenden Person feiern geht. So weit, so doof. Seitdem sitzen wir beide zu Hause.

Der Tag des tschetschenischen Balletts

Im unterentwickelten Sozialismus meiner Jugend hatten wir bloß vier Fernsehprogramme. Zwei davon machten zwischen 12.00 und 18.00 Uhr eine Pause. Sie strahlten nur ein piepsendes Testbild aus, um die Menschen nicht von der Arbeit abzulenken. Das Wetter war zum Spazierengehen oft ungeeignet, daher hielten die Erwachsenen eine sinnvolle Nachmittagsbeschäftigung für ihre Kinder für unabdingbar. Die Jungs wurden zum Sport geschickt: Boxen, Leichathletik, Eishockey, selten Schach. Die Mädchen gingen zum Ballett, alternativ zur Musikschule. Dies war die Ordnung der Welt, und niemand wagte es, sie anzuzweifeln. Boxende Mädchen und Jungs am Klavier kamen zwar auch immer wieder vor, sie wurden aber als skurrile Ausnahmen, als eine Art Sporttransvestiten, angesehen, die man brauchte, um die Regel zu bestätigen.

Meine Frau, die ihre Kindheit und Jugend auf Sachalin verbrachte, einer Insel, auf der sich die Bewohner die meiste Zeit im Jahr nur durch in den Schnee gegrabene Tunnel bewegen können, erzählte mir einmal, wie die erste Ballettlehrerin auf die Insel kam. Es war Mitte der Siebzigerjahre, die Ölförderung auf Sachalin erreichte Höchstmengen, und der Staat bemühte sich, den dortigen Arbeitern und Geologen das Leben etwas zu versüßen. Im Kulturhaus »Ölarbeiter« wurde ein »Kollektiv des klassischen Tanzes« gegründet, das eine vom Festland delegierte Ballerina leitete.

Die Aufnahme in das Sachaliner »Kollektiv des klassischen Tanzes« fand unter harten Bedingungen statt. Die Sachaliner Eltern standen einen Tag lang vor dem Kulturhaus in der Kälte Schlange, damit ihre Töchter bei der Lehrerin kurz vortanzen durften. Man musste sich ein paar Mal biegen und bücken und zusammen mit der Lehrerin ein paar Bewegungen aus dem »Tanz der kleinen Schwäne« machen. Danach wurde das Kind weggeschickt und mit den Eltern gesprochen.

Meine Frau, damals gerade acht Jahre alt geworden, gab sich Mühe, obwohl sie sich nach fünfstündigem Warten kaum noch bewegen konnte. Die Ballettdame schaute sie genau an, schickte sie raus und sagte zu ihrer Mutter:

»Ihre Tochter hat Fleiß, aber keine natürliche Begabung. Ich kann sie in meine Klasse aufnehmen und es mit ihr versuchen. Das wird ihr aber wehtun. Sind Sie damit einverstanden? Wollen Sie ihrem Kind wehtun?«, fragte die Ballettlehrerin direkt.

»Nein«, sagte Olgas Mutter und brachte ihre Tochter am nächsten Tag in die Klavierklasse der Musikschule. Dort haute Olga fleißig zehn Jahre lang in die Tasten: Mozart, Weber, Tschaikowski, Etüde Parzhaladse. Sie ist keine Klavierspielerin geworden, doch Musik ist ein gutes Lebenselixier, sie tröstet und beruhigt. Wenn einem schwer ums Herz wird, die Welt einem brutal, die Mitmenschen doof vorkommen, setzt man sich ans Klavier, drückt mit beiden Füßen die Pedale und los geht die Etüde von Parzhaladse, mit einem solchen Enthusiasmus, dass sich die technogewohnten Nachbarn aus den Fenstern hängen.

Musik ist Kommunikation, sie gibt einem das Gefühl, gehört zu werden, nicht allein auf der Welt zu sein. Deswegen war ich dafür, unsere Tochter in die Musikschule zu schicken. Meine Frau wollte aber, dass sie Ballett lernte. Die Erinnerung an ihr Sachaliner Scheitern ließ ihr anscheinend keine Ruhe. Und so landete meine Tochter im Ballettunterricht unserer Landsfrau Balle-

178

rina Katjuscha. Trotz ihrer kräftigen Statur und runden Formen überzeugte Katjuscha als Lehrerin: Sie konnte sich mit dem Fuß locker hinter den Ohren kratzen und schaute während der Tanzstunde nie auf die Uhr. Sie war aus Kiew nach Berlin gekommen und, soweit ich das beurteilen kann, schon immer eine Ballerina gewesen. Auf Jugendphotos sah man Katjuscha im Hinterhof eines Bauernhauses, wo sie in einem Ballerinakleidchen das Bein hoch über den Zaun legt. Ein großer Schäferhund und eine Ziege schauen ihr dabei begeistert zu.

Früher in Russland brauchte eine Ballerina Jahre, um auf die Bühne zu gelangen und in der Öffentlichkeit zu tanzen. In Berlin geht es ruckzuck. Nach einem Monat war bereits der erste öffentliche Auftritt in einem Jugendzentrum geplant, zum Tag des tschetschenischen Balletts, wie uns Katjuscha mitteilte. Wir haben gelacht. Unter einem tschetschenischen Ballet konnten wir uns nur Lustiges vorstellen. Männer mit rasierten Beinen und Kalaschnikows vor dem Bauch und Frauen in Ganzkörperetuis. In Wirklichkeit ging es um die Völkerverständigung. Das Jugendzentrum unseres Bezirks hatte ein Tanzkollektiv tschetschenischer Jugendlicher und unseren Ballettkreis eingeladen, erklärte mir Katjuscha. Sie würden ein gemeinsames Programm zum Besten geben – Säbeltanz und Contredance, um des Weltfriedens willen.

179

Meine Tochter hatte beim Contredance eigentlich nur zwei kurze Auftritte, am Anfang und am Ende. Sie musste einem anderen Mädchen, das als Junge verkleidet war, die Hand geben, sich einmal um die eigene Achse drehen, nicken und lächelnd die Bühne verlassen. Trotzdem war sie sehr aufgeregt und konnte in der Nacht vor der Vorstellung nicht schlafen. Am Morgen war sie plötzlich mit ihrem Kleid unzufrieden, meckerte herum, hatte Lampenfieber und wollte nicht aus dem Haus gehen. Wir kamen zu spät. Das Jugendzentrum platzte bereits aus allen Nähten. Alle Sitz- und Stehplätze waren doppelt besetzt, und es gab auch keine richtige Bühne, sondern nur einen freien Fleck Boden, um den herum sich die Eltern gruppierten. Mütter, Väter, Tanten, Omas und Opas belegten jedes Fensterbrett und alle Heizungsrippen. Mit roten Gesichtern und vom ständigen Applaudieren angeschwollenen Händen schmolzen sie langsam vor Rührung und Überhitzung.

Der tschetschenische Teil war gerade zu Ende, als wir kamen. Es hatte sich dabei, so erzählten uns einige Eltern, um einen volkstümlichen Tanz gehandelt, den man bei Hochzeiten in den Bergen aufführt. Ein junger Mann musste, um die Gunst seiner Braut zu gewinnen, in der Luft mit Dolchen jonglieren, während seine Freunde ihn daran zu hindern versuchten. Die Frauen standen derweil im Kreis herum und klatschten rhythmisch in die Hände. Es war bestimmt toll gewesen, auch wenn wir den Tanz leider verpasst hatten. Nun wurde das letzte Blut aufgewischt und der Contredance angekündigt.

Die Kinder zogen ihre Kostüme an, teilten sich in Paare, und der Mann von Katjuscha bediente den Kassettenrekorder. Die Eltern ließen ihre Kinder auf die Tanzfläche und schlossen ihre Reihen wieder. Meine Tochter kam, nahm die Hand ihrer Partnerin, drehte sich zwei Mal um die eigene Achse und schaute sich panisch um: Alle Rückzugswege waren von den Zuschauern abgeschnitten. Also gaben sich die Mädchen erneut die Hände und drehten sich und drehten sich und drehten sich, bis die Musik ausging. Der Applaus donnerte auf die Kinder nieder wie eine Lawine. Ein Vater sprang mir mit voller Kraft auf den Fuß, und eine Tante fiel vor lauter Aufregung in Ohnmacht. Die Eltern fielen über ihren Nachwuchs her, und nur mit Glück gelang es uns halbwegs lebendig aus dem Saal zu kommen. Seitdem macht ein neuer Spruch in der Familie die Runde. Wenn jemand stark übertreibt und eine grenzenlose Begeisterung an den Tag legt, ganz egal aus welchem Anlass, heißt es, »Hör mir auf mit dem tschetschenischen Ballett«.

Was erwarte ich von der Literatur

Ich hatte schon immer übertrieben große Erwartungen die Literatur betreffend. Ein richtiges Buch muss seine Leser wie ein Blitz treffen. Es muss ihnen die Augen öffnen oder meinetwegen auch schließen, die grimmigen zum Lachen bringen und die klugen dumm aussehen lassen. Ein richtiges Buch kann man nicht einfach so zur Seite schieben. Seine Lektüre hinterlässt Spuren, Kratzer an der Seele.

In meiner Familie wurde lange Zeit verschwiegen, dass ich bereits im dritten Lebensjahr dicke Wälzer las. Erst vor Kurzem haben mich meine Eltern darüber aufgeklärt. Ich erinnere mich natürlich an gar nichts, an keine einzige Zeile aus dieser Zeit. Damals war ich nur ein Pups, der nicht einmal sprechen konnte. Meine taube Oma sah sich oft und gerne Fernsehfilme für Taubstumme mit Untertiteln an, ich guckte mit. Ich denke, durch das ständige Anschauen dieser Untertitel hatte ich in Kürze autodidaktisch das russische Alphabet gelernt und alle Bücher vom unteren Buchregal durchgelesen. Laut Auskunft meiner Mutter interessierte ich mich damals hauptsächlich für Kochbücher und Telefonbücher, je dicker, desto besser. Anscheinend hatte ich darin eine ganz besondere Wahrheit entdeckt, die Wahrheit der Koch- und Telefonbücher, die mir den Sinn des menschlichen Lebens nahebrachten.

Die Suche nach diesem Sinn hat meine Kindheit am allerstärksten geprägt. Während andere Kinder am Nuckel lutschten, kletterte ich schon mal auf den Bücherschrank, um an noch mehr und noch dickere Bücher zu gelangen. Einmal endete mein Drang nach neuem Wissen in einer Katastrophe. Der Bücherschrank kippte um und begrub mich unter vielen dicken Wälzern. Es waren zu viele, ich konnte mich nicht von ihnen befreien, lag auf dem Boden und schrie. Meine Oma guckte sich währenddessen ungerührt weiter Filme für Taubstumme mit Untertiteln an – sie konnte mich aus gesundheitlichen Gründen nicht hören.

Nach diesem Vorfall löste sich meine Hochintelligenz in Luft auf. Ich wurde zu einem ganz normalen

Durchschnittskind, kletterte nicht mehr auf den Bücherschrank und hörte überhaupt auf, Bücher zu lesen. Aus meiner frühkindlichen Geniephase sind nur einige seltsame Krakel geblieben, die ich in den Kochbüchern meiner Mutter hinterlassen habe. Anscheinend ahnte ich schon damals die Zukunft voraus und wollte mich selbst vor irgendetwas warnen oder mir etwas Wichtiges mitteilen, was sich mir in meinem damaligen genialen Zustand offenbart hatte. Ich machte mir zu diesem Zweck viele Notizen in Koch- und Telefonbüchern, die aber dermaßen kryptisch sind, dass ich sie bis heute nicht entziffern kann.

Nach dem Fall mit dem Schrank ging, wie gesagt, mein Interesse an Literatur stark zurück und entflammte erst wieder zu Beginn der Pubertät. Ich las damals allerdings fast ausschließlich erotische Literatur, später entdeckte ich Fantasy und Sciencefiction, Kriegs- und Liebesromane. Ich hatte eine philosophische Phase, in der ich mich nur für anspruchsvolle theoretische Literatur interessierte, danach folgte eine romantische Periode, als ich überhaupt keine Prosa mehr sehen wollte und nur Gedichte las. Heute mag ich am liebsten Publizistik, Memoiren längst verstorbener Künstler und wissenschaftliche Studien über Tierhaltung. Meine Erwartung an die Literatur hat sich aber überhaupt nicht verändert. Es muss immer eine spannende Geschichte sein oder zumindest eine interessante. Sie muss vernünftig erzählt werden, einen Anfang und ein Ende haben und echt sein. Nicht verspielt und nicht offenbar, bloß echt.

Das war's eigentlich schon. Na gut, dazu kommen natürlich noch die sogenannten literarischen Qualitäten – die Sprache, der Satzbau, die Grammatik. Sie werden jedoch im Allgemeinen überschätzt. Egal, wie gut die Sprache ist, die »literarischen Qualitäten« allein können kein Buch retten, wenn die Geschichte nicht stimmt.

Windelfrei

Jede Großstadt hat mindestens einen Bezirk, in dem die Geburtenrate ständig steigt, während sich die Bewohner in den umliegenden Bezirken der Fortpflanzung verweigern. In meinem Bezirk gibt es sehr viele Babys. Sie krabbeln und laufen manchmal auch ohne Windeln herum, denn viele von ihnen werden modern »windelfrei« erzogen. Deswegen machen diese Babys oft in die Hosen, was ihr Leben meiner Meinung nach später erschweren wird. Im Kindesalter wird der Mensch nämlich am stärksten geprägt, und wer als Baby ständig in die Hose macht, wird das auch im Alter tun.

Den Anstieg der Geburtenrate hat unser Bezirk zwei Tibet-Geschäften zu verdanken, die fast gleichzeitig nebeneinander aufgemacht haben. Diese Läden verkaufen schöne bunte orientalische Tücher: Kopftücher, Schultertücher, vor allem aber Babytücher, die schnell in Mode geraten sind. Die Kombination aus einem Babytuch, einer Dreiviertelhose und einem dicken Rock darüber bildet den berühmten Frauen-Dreiteiler, der zum Kern der Berliner Frauenmode gehört. Nur ein Haken ist dabei: Ein Babytuch ohne Baby sieht aus wie ein Segel ohne Wind. Deswegen kamen in kürzester Zeit eine Menge Kinder in unserem Bezirk auf die Welt, die farblich und von ihrer Größe her gut zu den Tüchern passten. Gleich nach ihrer Geburt wurden sie in Tücher eingewickelt und schaukelten auf ihren Müttern hin und her, während die Fahrrad fuhren. Fahrrad und Baby im Tuch galt als besonders schick. Aber durch das ständige Schaukeln und Kopfstoßen entwickeln diese Fahrradbabys, kaum dass sie angefangen haben, selbstständig zu laufen, eine seltsame Gangart, die mich an Seeleute erinnert, wenn sie nach langer Fahrt zum ersten Mal wieder auf festem Boden stehen.

Gefüttert werden diese Seebabys hauptsächlich in Kneipen. Dafür sucht die Mutter meist die Kneipe aus, die gerade am vollsten ist. Dort setzt sie sich an einen möglichst zentralen Tisch, holt ihre Brust heraus und steckt sie dem Baby in den Mund. Das macht sie nicht aus Spaß. Das öffentliche Stillen soll die Kinder zu kommunikativen Wesen machen. Wenn es windelfreie Kinder sind, so machen sie gleich im Anschluss an die Fütterung in die Hose.

Die Mode mit den windelfreien Kindern kommt aus einem Buch, dass eine durchgeknallte Kanadierin geschrieben hat. Das Buch mit dem Titel *Windelfrei* will beweisen, dass Windeln ein Ausdruck des Totalitarismus sind. Ich bin im Totalitarismus aufgewachsen und kann diese These nur bestätigen. Man hat uns damals sogar sehr eng – ganzkörperlich sozusagen – eingewickelt. Manche Kinder blieben bis zu ihrem vierzehnten Lebensjahr so eingewickelt. Sie lagen wie die Mumien in ihren Bettchen und konnten sich kaum bewegen. Man versprach sich davon eine stolze Körperhaltung und eine ruhige disziplinierte Kindheit. Außerdem galt das Einwickeln als Vorbeugungsmaßname gegen Onanie. Gebracht hat es nur eine lebenslange Angst vor engen Hemden und einen Hass auf Krawatten.

Die windelfreie Kindheit von heute funktioniert so: Um sieben Uhr früh und um sieben Uhr abends wird das Baby auf den Topf gesetzt. Ab der zweiten Lebenswoche weiß es Bescheid, was zu tun ist. Die Methode aus dem Buch funktioniert eigentlich ganz gut, erklärten mir schon mehrere Mütter. Nur wenn Besuch kommt oder das Telefon klingelt, ist das Baby durcheinander und macht zur falschen Zeit. Oft stelle ich mir vor, was passiert, wenn dieses Kind zufällig Schriftsteller wird. Es wird ein Buch schreiben mit dem Titel *Nackte Kindheit*, basierend auf seinen eigenen Erfahrungen. Es wird darin über skrupellose Techniken berichten, mit denen seine Eltern es damals zu widernatürlichen Handlungen gezwungen haben. Es wird mit diesem Buch auf Tour gehen, überall Vorlesungen halten und jedes Mal, wenn im Publikum ein Handy klingelt, wird es in die Hose machen. Denn nichts prägt uns stärker als die Kindheit.

Meine kleine Heimat

Mit heimlichem Stolz las ich neulich den Namen meiner kleinen Heimat, der Akademiker-Pavlov-Strasse im Moskauer Bezirk Kunzevo, in den russischen Nachrichten. Und zwar nicht klein geschrieben irgendwo unten auf der letzten Seite, sondern in Fettschrift ganz vorne auf der ersten Seite gleich mehrerer Zeitschriften sowie im Internet. Es war herzerfrischend, den Namen der Straße, in der ich meine Kindheit und Jugend verbracht hatte, in der Zeitung zu lesen.

Sofort wurden Erinnerungen wach: ein Meer von Grün, der Parkplatz mit zwei verrosteten Autos, der nach altem Wasser riechende Sumpf neben der Müllhalde, auf der wir als Kinder Versteck spielten, die kleinen schmuddeligen Fünfetagenhäuschen, drei an der Zahl, die trotz ihrer Zierlichkeit unglaublich vielen Menschen ein Dach über dem Kopf gaben. Ferner der obligatorische Sandkasten auf dem Hof, in dem unser Hausverwalter schlief, wenn er den Weg nach Hause nicht fand, die Omas, die im Wald hinter dem Kaufhaus leere Flaschen sammelten, die Jugendlichen, die im Wald Messerwerfen um Geld spielten, die Erwachsenen, die sich abends vor demselben Kaufhaus nach freiwilligen Spendern für eine kleine Fete umschauten.

Ruhig und unspektakulär verlief meine Kindheit. Vom Moskauer Glamour hat man in unseren Wäldern wenig gesehen. Dafür hat in diesen Wäldern die Bürgerwehr im Winter 1941 die Panzer der Faschisten aufgehalten – »mit bloßen Händen«, wie einige Alteingesessene erzählten. Noch heute kann man in den Absenkungen des Waldbodens die Schützengräben von damals erkennen. Mit diesem mit Stacheldraht und Eisenschrott gespickten Wald sind meine tollsten Erinnerungen, die wichtigsten Etappen meines Erwachsenwerdens verbunden. Der erste Kuss, die erste Zigarette, der erste ausgeschlagene Zahn. Der Wald war unser Klub.

Als ich vor ein paar Jahren meine Frau dorthin mitschleppte, um ihr meine kleine Heimat zu zeigen, ist sie auf ihren Stöckelschuhen nicht weit gekommen. Sie ekelte sich ein bisschen. Sie hatte sich Moskau irgendwie schneidiger vorgestellt. Mein Plan, sie würde mich besser verstehen, wenn sie sähe, wo und wie ich aufgewachsen bin, ist nicht aufgegangen. Es ist schwierig, jemandem solche persönlichen Orte nahezubringen. Umso mehr freute ich mich, als ich meine kleine Heimat auf der Titelseite aller wichtigen Nachrichtenportale fand. Endlich hatte auch sie etwas vom Glamour der neuen Zeit abbekommen, an den Prozessen teilgenommen, die die Welt verändern. Der Aufmacher war sehr schön. Er lautete: »Massenschlägerei in der Akademiker-Pavlov-Straße – der Wald wehrt sich.« In dem Artikel stand, die Einwohner hätten die Polizei und die angerückten Bauarbeiter zusammengeschlagen. Damit protestierten sie gegen den geplanten Bau einer Gesundheitsfarm, eines großen Wellnesscenters in ihrem Bezirk.

O du meine kleine Heimat, auch nach vielen Jahren bleibst du unverwechselbar. Bleib stark, lass dich nicht verwellnessen.

Der Kremlweihnachtsmann

In Deutschland hat »Gemütlichkeit« einen hohen gesell-
schaftlichen Stellenwert. Sie wird als Tugend und große
Errungenschaft einer stabilen, die Menschen veredeln-
den Demokratie gepriesen. Ich kann mit Gemütlichkeit
nichts anfangen. Ob die sozialistisch-atheistische Erziehung daran schuld ist und die damit verbundene Früh-
reife, die uns schnell aus dem Elternhaus vertrieb? Der
Gedanke der Gemütlichkeit ist meinem Freundeskreis
jedenfalls fremd geblieben. Händchen haltend um die
Weihnachtskrippe herumsitzen und fette Vögel essen,
alle zusammen und zur gleichen Zeit? Nein danke! Unsere ganze Feierkraft gilt Silvester, dem größtmöglichen
Verstoß gegen die Gemütlichkeit in diesem Land.

Zu unserem Silvesterverständnis gehört ein Feuerwerk, das nicht nur aus babyfreundlichen Kinderknallern besteht. In der Regel bestellen wir im Internet um die vierzig Kilo Space Sound Rockets, Dragon Comets und anderen chinesischen Sprengstoff mit ähnlich lustigen Namen. Man darf das allerdings wegen der möglichen tiefen Verletzung der Gemütlichkeit nur als Firma bestellen, nicht als Privatperson. Eine Eintragung in das Handelsregister muss vorgelegt werden, die »eine spätere Nachprüfung ermöglicht«. So steht es im Formular – klein geschrieben.

Bis jetzt ist allerdings noch niemand gekommen, um nachzuprüfen. Sie beobachtet uns noch, die streng geheime deutsche Gemütlichkeitsbehörde, zuständig für die Überprüfung des ordnungsgemäßen Verbrauchs von Silvesterfeuerwerken. Ich weiß, irgendwann kommen sie, Männer in schwarzem Anzug und Sonnenbrille. Eines Tages im August werden sie an meine Tür klopfen: »Russendisko Records? Haben sie noch Silvesterfeuerwerk übrig? Letztes Jahr hat Ihre Firma sage und schreibe vierzig Kilo Space-Raketen bestellt. Wo sind die jetzt, und was haben Sie damit vor?«

Den Kern jeder anständigen Silvesterparty bildet neben dem Feuerwerk ein möglichst hoher, kräftiger und gut geschmückter Tannenbaum. Leider werden die Tannen in Deutschland völlig intolerant nur bis Heiligabend verkauft, sind also meist schon ausverkauft, wenn man sie eigentlich braucht. Wir warten bis zum letzten Tag. Am frühen Nachmittag des Heiligen Abends kaufen wir den höchsten und klumpigsten Tannenbaum, der noch zu finden ist. Die Tannenbaummärkte sehen an diesem Tag geplündert und verlassen, die letzten Bäume irgendwie massenvergewaltigt aus. Überall auf dem Boden liegen Tannenreste, Handschuhe und geplatzte Plastiknetze, die man zum Einwickeln der Bäume benutzt. In der Regel sind die Verkäufer am frühen Heiligen Abend nicht mehr ansprechbar, vereist und eingefroren und können Geldscheine nur noch mit den Zähnen annehmen. Fast immer wartet jedoch ein letzter toller Baum auf uns in einer Ecke – ein Wunder!

Zu Hause geben wir dem Baum viel Wasser, damit er länger hält, schmücken ihn schön mit Lametta und legen viele tolle Geschenke unter die Zweige, die wir uns selbst und einigen Freunden, die mitfeiern, gekauft haben. Das soll eigentlich der Weihnachtsmann erledigen, aber weil wir wissen, dass es ihn nicht gibt, machen wir es lieber selbst. Sicher ist sicher. Auf den Weihnachtsmann war nie Verlass. Als Kind habe ich von ihm nur Scheiße geschenkt bekommen. Deswegen gelang es mir nie so recht, an ihn zu glauben.

Mein Glaube an den Weihnachtsmann erlosch vollends, nachdem ich in Moskau das größte Tannenfest des Landes besucht hatte. Ich war damals zehn oder elf Jahre alt, und mein Vater hatte die Karten für viel Geld in seinem Betrieb besorgt. Das Fest sollte in dem Gebäude neben dem Kreml stattfinden, das für Parteitage und andere feierliche Anlässe benutzt wurde. Das »Jolkafest im Kreml« war in Wirklichkeit eine Eisrevue. Es handelte sich um eine dreistündige Vorstellung mit den »besten Artisten des Landes«. Am Ende wurde eine »Verteilung von besonders wertvollen Geschenken durch den Kremlweihnachtsmann« angekündigt. Ich war zuerst unentschlossen, doch dieser letzte Punkt war ausschlaggebend für meine Entscheidung hinzugehen. In meiner Phantasie ergaben die Wörter »Kremlweihnachtsmann« und »besonders wertvoll« nebeneinander geschrieben locker ein Moped. Na gut, eine E-Gitarre. Mindestens aber eine Eishockeyuniform mit den Autogrammen meiner Lieblingsspieler auf den Ärmeln.

Ich setzte also große Hoffnungen auf den Kremlweihnachtsmann. Drei Stunden mussten tausend Kinder in der Eishalle ausharren, bis alle Schneewittchen und das restliche Pack vorbeigelatscht waren und das Kommando zum Geschenkeverteilen kam. Sofort bildeten sich große Schlangen vor den Geschenkausgabestellen. Nach einer Stunde Schlangestehen verließ ich die Eishalle mit einer zerstampften Tüte Süßigkeiten und einem weißen Hasen mit roten Augen – dem dritten weißen Hasen, den ich in meinem kurzen Leben vom Weihnachtsmann bekommen hatte. Alle tausend Kinder hatten die gleichen Hasen bekommen. Anscheinend hatte der Weihnachtsmann direkt unter dem Lenin-Mausoleum eine riesige unterirdische Fabrik zur Produktion von weißen Hasen angelegt. Mir wurde schlecht bei der Vorstellung, wie viele da unten noch lagen.

Ich war ein intelligentes, etwas verträumtes Kind, das in seiner Phantasie viele mutige Heldentaten vollbrachte, aber in der Realität still und zurückhaltend blieb. Natürlich hatte ich große Lust, den weißen Hasen dem Kremlweihnachtsmann in seinen fetten Kremlweihnachtsarsch zu schieben. Bloß was hätte das gebracht? Der Kremlweihnachtsmann hätte den Hasen mit Sicherheit ein Jahr später wieder herausgezogen und dem nächsten Kind geschenkt. Diese Erfahrung hat mich endgültig davon überzeugt, dass es den Weihnachtsmann nicht gibt. Er wurde von Erwachsenen erfunden, damit sie den Scheiß, den sie selbst nicht brauchen, leichten Herzens weiterverschenken konnten. Sie werden dafür nie zur Verantwortung gezogen, denn die trägt ganz allein wer? Natürlich der Weihnachtsmann, der Weichensteller der Kinderfeste.

Wir verschenken an andere nur Dinge, die wir auch selbst mögen. Diese guten, wertvollen Geschenke lagern wir unter unserem fertig geschmückten Baum, machen das Licht aus, schließen die Türen und fahren für ein paar Tage weg, frische Luft holen, raus aus der menschenleeren langweiligen Weihnachtsstadt, weg von Enten, Gänsen und Menschen, die ihre Gemütlichkeit trainieren. Am letzten Tag des Jahres kommen wir zurück, stellen die chinesische Artillerie auf die Straße und zeigen unseren Nachbarn die Inszenierung »Die Eroberung Berlins 1945 durch den Einsatz von Katjuschas«. Dauer der Inszenierung: 13,5 Minuten. Reaktionen: bis jetzt fast ausschließlich positiv. Manche vergessen sogar ihre Kinderknaller anzuzünden. Sie wirken einfach zu lächerlich neben der »Eroberung Berlins«.

Danach trinken wir die Alkoholreserven, tanzen, singen bei Kerzenlicht das Lied aus dem alten sowjetischen Spionagethriller »Siebzehn Augenblicke im Frühling«, das jedes Jahr länger wird, und schon steht der 3. Januar auf dem Kalenderblatt. Der Baum steht noch zehn Tage neben dem Buchregal, und das Katzenklo glitzert und blinkt noch lange im elektrischen Licht, weil die Katzen das aufgefressene Lametta wieder auskacken.

Berliner Arche Noah

Viele Leute können den Winter in Berlin nicht ausstehen. Sie sagen, der Dezember wäre ja noch zu ertragen – wegen der leuchtenden Weihnachtsmärkte und des Glühweingeruchs, der sich über die Stadt legt. Im Februar verleiht das Filmfestival der Stadt ein bisschen Glamour. Aber der Januar, der geht nun wirklich gar nicht. Im Januar ist Berlin nur noch kalt und grau, die Temperaturen fallen ins Bodenlose.

Bei minus drei Grad haben wir die beiden Meerschweinchen, die in einem Holzhäuschen auf dem Hof leben, in die Wohnung genommen und bei uns im Bad einquartiert, damit sie nicht frieren. Als Dankeschön trällerten sie ununterbrochen ihre Meerschweinchen-

Schlager, die ganze Hitparade rauf und runter. Die zwei Kaninchen waren erst einmal noch draußen geblieben. In der Gebrauchsanweisung für Kaninchen stand, sie wären eigentlich frostfrei und würden die Kälte mögen. Doch bei minus zehn Grad sahen die Kaninchen nicht wirklich glücklich aus. Sie bewegten sich gar nicht mehr, gruben keine Erdlöcher und lagen nur auf dem Hof herum wie zwei große zottige Kugeln.

Ich schrieb einen Rundbrief an alle Hausbewohner und platzierte ihn auf der Haus-Seite im Internet.

»Genossen«, schrieb ich, »wer hat noch Platz für zwei Kaninchen, die aus der Kälte kommen?«

Man muss dazu sagen, dass wir in einem fortschrittlichen Haus wohnen. Unsere Nachbarn sind in der Mehrheit aufgeschlossene, moderne Menschen und zum Beispiel freiberufliche Internetdesigner oder Mitarbeiter sozialer Einrichtungen. Sie rauchen nicht, sie gehen joggen, und sie kaufen im Bioladen ein. Manche von ihnen sind sogar in der Bürgerinitiative »Für die Vollpflanzung des Mauerparks« aktiv. Wir haben ein Forum im Internet, in dem wir alle Probleme unseres Hauses offen ausdiskutieren. Letztes Jahr haben wir natürlich dem Hausmeister und der gesamten Verwaltung gekündigt, um eine Selbstverwaltung auf freiwilliger Basis aufzubauen. Sie funktioniert leider nicht so gut. Es hakt bei der Arbeitsverteilung. So romantische

Aufgaben wie Schnee vom Dach schaufeln sind leicht zu verteilen. Es ist abenteuerlich, aufs Dach zu klettern, und es lassen sich tolle Fotos davon knipsen. Aber das im Gang vor dem Treppenhaus vor zwei Monaten zerschellte Glas Rote Grütze aufzusammeln, dafür haben wir niemanden gefunden.

»Genossen«, schrieb ich damals im Forum, »lasst uns sachlich werden. Wem gehört die Grütze?«

Alle machten einen auf toten Käfer. Keiner wollte zugeben, jemals Rote Grütze gekauft zu haben. Dafür hat jemand die Grütze mit Sand bestreut, die Rutschgefahr bestand also nicht mehr.

»Ich glaube, wir brauchen zum Thema Grütze ein moderiertes Gespräch«, schrieb mein Nachbar aus dem Parterre.

»Genossen! Wer hat noch Platz für zwei niedliche Tierchen, die auf dem Hof frieren? Schnell und unbürokratisch! Oder brauchen wir dafür auch ein moderiertes Gespräch?«

Nach einer ausführlichen Diskussion landeten die Kaninchen bei uns im Korridor. Die Wohnung verwandelte sich langsam aber sicher in eine moderne Arche Noah. Im Bad pfiffen die Schweinchen, im Korridor sprangen die Kaninchen, und unsere beiden Hauskatzen liefen vom Korridor ins Bad und zurück, noch unentschlossen, wer von den neuen Tieren als Vorspeise und wer als Dessert einzustufen wäre. Unsere beiden Kinder liefen den Katzen hinterher und stellten zoologische Forschungen an.

»Die Kaninchen zanken sich!«, berichtete meine Tochter. »Sie schlagen sich ganz fies, greifen einander immer von hinten an und stoßen mit dem Körper zu.«

Mein Sohn zeigte, wie die Kaninchen aufeinander losgingen. Es sah unanständig aus. Ich ging in den Korridor. Die Kaninchen hatten auf den Klimawandel völlig falsch reagiert. In der warmen Wohnung entwickelten sie Eigenschaften, die sie nicht haben durften, denn laut Pass waren sie beide Mädchen. Trotzdem rammelten sie nun ununterbrochen und stanken dabei fürchterlich. Auf meine Versuche, sie zur Vernunft zu bringen, reagierten sie einfach nicht. Ich glaube, sie brauchen ein moderiertes Gespräch.

Die Jägerinnen und der Sammler

Gerne ziehen Männer über Frauen her und behaupten, sie würden schlecht einparken und überhaupt. Männer verbreiten allerhand dummes Zeug und Pseudoweisheiten über Frauen, um die Bedeutung des eigenen Geschlechts hervorzuheben. Frauen wiederum wollen Männern in nichts nachstehen. Sie erzählen, Männer würden beim Ausgehen zu doll mit den Eiern schaukeln und andere intime Details. Eine ganze Reihe geschlechtsspezifischer Entlarvungsliteratur ist durch solche Geschichten zusammengekommen, und weitere Bücher mit umständlichen Titeln sprießen jedes Jahr wie Pilze aus dem Boden: *Warum Männer im Stehen pinkeln und Frauen morgens zwinkern, Warum Männer gerne*

in der Nase bohren und Frauen unter Wasser nichts hören,
Warum Männer sich kratzen und Frauen Walzer tanzen
und so weiter und so fort.

Diese Werkreihe lässt sich endlos fortsetzen, tut aber
nichts für die Aufklärung, im Gegenteil: Sie vernebelt
den Geschlechtern vollends die Sicht aufeinander. Wer
sich von dieser Lektüre bei der Gestaltung seiner zwi-
schenmenschlichen Beziehungen leiten lässt, ist schlecht
dran. Gleich bei der ersten Begegnung mit der Realität
wird er jedoch merken, es sind bloß dumme Sprüche,
nichts dahinter. Von wegen Frauen können nicht einparken! Die meisten Strafzettel bekommen immer noch
Männer. Noch dümmer ist der Spruch, Männer seien
von Natur aus Krieger und Eroberer, Frauen dagegen
Sammler. Deswegen zieht es Männer angeblich stets hinaus, um zu jagen, während Frauen gerne zu Hause sitzen und in ihre Schränke gucken, was sie schon alles gesammelt haben.

Was für ein Unsinn! Zu meinem Freundeskreis gehören etliche Messies, die nicht einmal einen Straßen-
bahnfahrschein wegzuwerfen imstande sind und ihre
abgeschnittenen Haare sorgfältig aufbewahren, doch
unter ihnen ist keine einzige Frau. Frauen sammeln
nie, sie sind Jäger und Eroberer. Sie jagen ihr Leben
lang neuen Sachen hinterher, und nichts kann sie vom
Kurs abbringen. Von ihren alten Klamotten, die aus der

Mode geraten sind oder nicht mehr richtig sitzen, trennen sie sich ohne mit der Wimper zu zucken. Am liebsten verschenken sie solche Sachen an ihre besten Freundinnen, damit sie diese beim gemeinsamen Ausgehen in der Menge nicht aus den Augen verlieren. Frauen sind selten geizig, sondern oft leichtsinnig und verschwenderisch und stören die Männer beim Sammeln. Und das darf man eigentlich nicht tun. Man darf deren Briefmarken, Münzen oder Schallplatten nicht anfassen, ganz zu schweigen davon, sie einfach wegzuschmeißen. Denn Männer sind die wahren Sammler. Sie können sich von nichts trennen, und je jünger die Männer sind, umso sammlerischer geben sie sich.

Eine lebendige Bestätigung dieser These habe ich jeden Tag vor Augen. Meine Tochter geht mit ihren Sachen verschwenderisch um, man kann sie überall in der Wohnung finden und wenn man sie wegschmeißt, würde sie es wahrscheinlich nicht einmal merken. Das Zimmer meines Sohnes erinnert dagegen an ein wohlgeordnetes Spielzeugmuseum, in dem mehrere Generationen von Babys, Vor- und Grundschülern ihre Ausrüstung hinterlassen haben, in akkuraten Haufen sortiert. Jedem, der reinkommt, wird sofort klar, all diese Sachen liegen nicht zum Spielen hier, und wie in einem echten Museum darf sie niemand, abgesehen vom Museumswächter, anfassen.

Das Spielzeugmuseum leidet unter akutem Platzmangel. In den neun Jahren, die Sebastian bereits auf dem Buckel hat, hat sich eine Menge angesammelt. Unter anderem besitzt mein Sohn fünf Fußbälle, drei Luftpumpen, und in seinem Bett sind über fünfzig Plüschtiere eingegraben. Ihre Namen kennt nicht einmal mehr er selbst. Manchen Kuscheltieren fehlen wichtige Körperteile, die ihnen beim jahrelangen Kuscheln abhandengekommen sind, andere sind überhaupt nicht mehr als Tiere erkennbar. In Sebastians Hosentaschen kann man noch Süßigkeiten von seinem vorletzten Geburtstag finden, in seinem Schreibtisch liegen Schreibhefte aus der ersten Klasse. Nichts wird weggeschmissen, alles wird behalten. Jedes fehlende Teil wird als persönlicher Verlust empfunden, jede kleinste Veränderung im Zimmer wird als Attentat auf die Sammlung begriffen.

Es braucht viel Geduld und Durchhaltevermögen, um den jungen Mann zu einer Veränderung zu bewegen. In der Regel nähere ich mich dem Thema aus weiter Entfernung.

»Mein lieber Sohn«, sage ich zum Beispiel und verdrehe dabei hochphilosophisch die Augen. »Unsere Zeit auf Erden vergeht unausweichlich, sie bleibt für keine Sekunde stehen. Es ist kaum zu glauben, aber wir schreiben bereits das Jahr 2008.«

»Weiß ich doch«, sagt Sebastian. »Und?«, fragt er mit angestrengter Miene. Er sucht nach der Falle.

»Nix und«, sage ich. »2008! Über deinem Bett hängt aber noch immer der große Apothekenkalender 2006. Merkst du den Unterschied nicht? Ich habe einen neuen Kalender für dich, mein Junge, einen ganz tollen aktuellen Kalender.«

»Kommt nicht in die Tüte«, sagt Sebastian. »Der Kalender 2006 ist mein Lieblingskalender. Er hat so viele schöne Bilder, zwei kleine Kätzchen, schwarze Hündchen in einem Korb, eine Elefantenmutter. Sie sind mir alle ans Herz gewachsen. Niemals werde ich den schönen Tierkalender 2006 wegen irgendeines blöden Kalenders 2008 verraten. Punkt. Ende.«

»Aber du hast doch den Kalender von 2008 noch gar nicht gesehen«, lasse ich nicht locker. »Das ist auch ein Tierkalender, vielleicht sind dort die Kätzchen noch niedlicher. Vielleicht hat er die besseren Elefanten?«

»Das Bessere ist der Feind des Guten«, sagt mein Sohn altklug.

Den Spruch hat er von seiner Mutter. Sie ist eine Kladde für solch magische Weisheiten, gegen die man nicht mit der Keule der allgemein menschlichen Logik antreten kann. Das Bessere ist der Feind des Guten. Punkt. Ende.

Immerhin konnte ich ihm nach zähen Verhandlungen

den neuen Kalender doch noch unterjubeln. Ich habe ihn als Fortsetzung des alten angepriesen. Sebastian mag Fortsetzungen, sei es bei Filmen oder bei Gameboyspielen. Fortsetzungen lassen sich gut sammeln. Als er erfuhr, dass man in dem Gameboyladen in den Schönhauser Allee Arcaden alte Spiele gegen neue aus der gleichen Serie eintauschen konnte, wurde sein Konservatismus auf eine harte Probe gestellt. Zum einem wollte er die neuen Spiele, zum anderen war er nicht in der Lage, sich von den alten zu trennen. Verzweifelt durchsuchte er sein Museum nach einem Spiel, dessen Verlust ihn nicht schmerzen würde. Er fand schließlich eines, ein altes Teletubbie-Spiel für zurückgebliebene Jugendliche, einst auf dem Flohmarkt für fünf Euro gekauft. Stolz brachte er das überflüssige Spiel ins Geschäft. Doch genau wie Sebastian fanden auch die Geschäftsleute aus dem Gameboyshop das Teletubbie-Spiel zu blöd, keiner wollte es kaufen, ganz zu schweigen von tauschen. Außerdem gab es dort keine aktuelleren Teletubbie-Spiele. Sebastian war gleichermaßen enttäuscht wie erleichtert und steckte das Teletubbie-Spiel sofort zurück in die Hosentasche.

Lange Zeit störte ihn seine Sammlerneigung auch beim Fußballspielen. Er konnte keine Pässe schießen und zögerte jedes Mal, den Ball jemandem zuzuspielen. Deswegen stand Sebastian lange im Tor. In der letzten Zeit hat sich sein Verhalten gelockert, er kann jetzt Computerspiele tauschen und Pässe schießen. Neulich spielten sie auf dem Schulhof gegen die Riesenmädchen aus der sechsten Klasse. Genau genommen versuchten sie, den Riesenmädchen den Ball zu klauen und damit wegzurennen. Der Sinn dieses Spiels besteht darin, nicht von den Mädchen verprügelt zu werden. Mein Sohn und sein Freund Melvin klauten den Ball und rannten weg, ein Riesenmädchen rannte ihnen hinterher. Sebastian gab den Ball an Melvin ab, Melvin gab den Ball an Sebastian zurück, Sebastian wieder an Melvin – und der wurde daraufhin verprügelt. Das Mädchen war immer dem Ball hinterhergelaufen. Jetzt hat Melvin eine Beule am Kopf und Sebastian Gewissensbisse wegen der Ballabgabe.

Die Penner-Card

In der Filiale der Deutschen Bank an der Schönhauser Allee haben sich drei Penner einquartiert, zwei Männer und eine Frau. Tagsüber sind sie so gut wie nie da, sie kommen nur zum Übernachten. Genau genommen ist es keine Filiale – die richtige Filiale ist oben im zweiten Stock –, sondern eine Geldausgabestelle, eine Art Garage mit Geldautomaten für den Fall, dass jemand nachts dringend Geld braucht.

Die Menschen, die sich diese Filiale zum Nachtasyl ausgewählt haben, sehe ich fast jeden Morgen, wenn ich um sieben Uhr früh meine Tochter zur Schule bringe. Um diese Zeit schlafen sie noch. Die Frau liegt auf der Heizung quasi im Schaufenster unter dem großen Aufkleber »Deutsche Bank Ihre Beraterbank«. Sie liegt mit dem Rücken zur Straße, und ihr Gesicht ist nicht zu sehen, nur das Hinterteil und Wollsocken. Ihre Schuhe zieht sie aus und stellt sie unter die Heizrohre, damit sie trocknen, während sie schläft. Die beiden Männer liegen vor dem Geldautomaten auf einer Decke, die sie auf dem Boden ausbreiten.

Die beste Freundin meiner Tochter, Melanie, deren Mutter just in dieser Filiale der Deutschen Bank arbeitet, erzählte uns, dass die Mitarbeiter dort ständig Ärger wegen der Penner bekommen. Angeblich hält sich durch diese Übernachtungen der Geruch von Kotze dermaßen hartnäckig in dem kleinen, gut beheizten Raum, dass sich schon mehrere Kunden, die am frühen Morgen zum Geldabheben dorthin kamen, auf der Stelle übergeben mussten. Einige beschwerten sich beim Filialleiter, der wiederum Melanies Mutter zusammenstauchte.

»Wie kommen diese Penner überhaupt da rein?«, fragte meine Tochter Melanie. »Man braucht doch eine spezielle Kreditkarte, um die Tür zu öffnen. Haben die Penner etwa eine Kreditkarte?«

»Natürlich nicht«, erklärte Melanie selbstbewusst. »Aber sie haben wohl eine spezielle Pennerkarte, die zwar zum Geld abheben nicht taugt, dafür aber die Türen aller Filialen der Deutschen Bank öffnet. Es ist eine

Karte für Menschen, die sich aus finanziellen Gründen weder ein Hotel noch eine Wohnung leisten können. Meine Mutter weiß überhaupt nicht, was sie machen soll. Man darf diese Leute doch nicht einfach so rauswerfen.«

Wir überlegten.

»Sag deiner Mutter, sie soll dort eine Dusche einbauen lassen,« sagte meine Tochter. »Mit Toilette! Saubere Matratzen hinlegen und eine Putzfrau einstellen! Dann stinkt es bestimmt bald weniger in der Bank!«

Dein Schatz – mein Schatz

Als Kinder hatten wir viele brutale Spiele in der Schule. Zum Beispiel spielten wir gern das Einbalsamierungsspiel »Lenin«. Es ging so, dass wir einen Mitschüler so lange in verschiedene Kleidungsstücke einwickelten, bis er sich nicht mehr bewegen und nicht mehr atmen konnte. Danach musste sich »Lenin« selbst befreien oder auf dem Schulhof verrecken. Wir spielten Feuerwerfer, indem wir die Haarspraydosen anzündeten und einander mit Flammen begossen, oder Kosmonauten, wobei jeder aus einem Fenster im zweiten Stock klettern musste.

Am brutalsten war die sogenannte »Schatzsuche«. Dabei musste einer etwas, was ihm lieb und teuer war, verstecken, und die anderen hatten die Aufgabe, es zu finden. Wer den Schatz als Erster fand, wurde zu seinem neuen Besitzer und musste den Schatz neu verstecken. Jeder Schatzinhaber bekam Prügel ab und hat fast immer geweint, denn ohne Gewalt ging das Spiel nicht ab. Wir haben auf diese Weise früh gelernt, dass der Schatz des einen immer die Tränen des anderen bedeuteten. Das gilt auch in der Welt der Erwachsenen. In jeder Schatzkammer der Welt kann man Beweise dafür finden.

Neulich waren wir in Wien. Es war kalt, und wir hatten nichts zu tun, also gingen wir in die Wiener Schatzkammer. »Tausend Jahre europäische Geschichte werden hier verwahrt«, stand im Touristenprospekt. Und tatsächlich sah ich, dass die Österreicher diese tausend Jahre nicht geschlafen hatten, sie waren sehr aktiv und sehr schlau gewesen. Alles, was sie in die Hände bekamen, landete sofort in ihrer Schatzkammer: die Krone einer chinesischen Prinzessin, ein Eierbecher des französischen Königs, ein Spazierstock des mexikanischen Gouverneurs usw.. Haben diese Leute ihre Sachen freiwillig den Österreichern übergeben, oder hat es brutale Kämpfe um den Eierbecher gegeben? Die Wahrheit ist in der Geschichte verborgen. Vielleicht lud der französische König einmal ein paar Österreicher zum Frühstück ein. Sie tranken Tee, plauderten ein wenig über die Weltpolitik und das Wetter ...

»Wollt ihr schon gehen? Na dann... Was für nette Leute, diese Österreicher«, freute sich der französische König. Nur konnte er anschließend seinen Eierbecher nicht mehr finden. Merkwürdig, dachte er, ich habe ihn doch gerade eben auf dem Tisch gesehen... »Hallo!«, rief er aus dem Fenster. Zu spät. Der Eierbecher war schon längst über alle Grenzen in der Wiener Schatzkammer gelandet.

Und die Sache mit dem mexikanischen Gouverneur? Wie ist er seinen Spazierstock losgeworden? Hatte ihm ein netter Österreicher über die Straße geholfen?

»Vielen Dank, junger Mann!«

»Ach was, keine Ursache, ich helfe immer gern... Sie haben aber eine tolle Krücke, darf ich sie mal ausprobieren? Ich bin gleich zurück!«

Der mexikanische Gouverneur wartete und wartete vergeblich.

Auch die chinesische Prinzessin hat wahrscheinlich geweint, als sie ihre Krone nach dem Empfang des österreichischen Botschafters nicht mehr auf dem Kopf fand. Ihre Eltern haben bestimmt mit ihr geschimpft:

»Na, du? Schon wieder die Krone verloren? Kriegst keine neue mehr, es reicht jetzt!«

Gott, hat sie geweint!

Nun heißt das Ganze aber »Tausend Jahre europäische Geschichte«, Österreich ist ein zivilisiertes Land

215

geworden und die Wiener Schatzkammer steht Touristen aus aller Welt offen. Man zahlt sieben Euro, Studenten natürlich weniger, und jeder kann alles angucken, nur nichts anfassen – da werden die Österreicher nämlich sauer. Auf mich hat diese Sammlung großen Eindruck gemacht. Wenn ich in Zukunft Besuch aus Österreich bekomme, lasse ich aber für alle Fälle meine Eierbecher im Schrank. Die kriegen sie nicht.

Egal

Vieles, was mich früher aufgeregt hat, ist mir heute egal.
Früher war mir nicht alles egal. Ich war zum Beispiel po-
litisch engagiert und konnte etliche Politiker auf Photos
erkennen, selbst wenn die Bilder nicht untertitelt waren.
Eine ziemlich herausragende Leistung, wenn man be-
denkt, wie gleich unsere Politiker aussahen.

Ich weiß nicht, wie es hier in Deutschland war, aber
die sowjetischen Führer sahen alle aus wie greise Zwil-
linge: immer die gleiche Frisur, der gleiche Anzug, der
gleiche, auf dem harten Asphalt der politischen Wirklichkeit geschliffene Gesichtsausdruck. Männer ohne
Eigenschaften, so, als hätten sie sich schon in frühester
Kindheit auf eine lange Flucht vorbereitet. Keiner von

217

ihnen besaß irgendwelche besonderen Merkmale, große Ohren oder überlange Nasenhaare, ganz zu schweigen von einprägsamen Gesichts-Tattoos. Diese Politiker sahen nicht aus wie das Produkt der sexuellen Lust ihrer Eltern; sie waren alle in einer unterirdischen Kremlwerkstatt am Fließband angefertigt worden.

Inzwischen haben die russischen Politiker an Gesichtsfarbe gewonnen, sie tragen sogar unterschiedliche Krawatten, kämmen ihre Nasenhaare mal nach links und mal nach rechts, sind mir aber völlig egal. Auch die deutschen Politiker kann ich nicht mehr auseinanderhalten. Den Kanzlerwechsel habe ich lange Zeit nicht wahrgenommen, bis mein damals sechsjähriger Sohn mich darauf aufmerksam machte, dass mit dem Bundeskanzler etwas nicht mehr stimmte.

»Schau genau hin, Papa, der alte war ein Junge, der neue ist ein Mädchen«, klärte er mich auf. Mein Sohn wollte das Thema weiter vertiefen und mir spezifische körperliche Kanzlerunterschiede beschreiben, aber ich verzichtete. Doch man sah, dass er sich mit bestimmten Dingen viel besser auskannte als ich.

Die sexuelle Aufklärung im Westen ist sowieso nicht zu toppen. Als meine Kinder noch in den Kindergarten gingen, hatten wir ständig eine Art intellektuellen Austausch mit ihnen. Ich las den Kindern gelegentlich aus Büchern über Seeabenteuer, Prinzen, Piraten und große Gefühle vor. Sie brachten dafür erotische Dichtung »made in Kindergarten« nach Hause. »Dreiunddreißig nackte Weiber ficken mit dem Kugelschreiber« zum Beispiel.

Das Wichtigste bei einer Lyriklesung ist bekanntlich die Wahl des strategisch richtigen Zeitpunkts; die Poesie muss die Menschen überraschen, sie muss sie quasi dort abholen, wo sie stehen. Die »Dreiunddreißig Weiber« wurden mit einem engelsgleichen Gesichtsausdruck kurz vor dem Dessert am Mittagstisch vorgetragen und sorgten mehrmals für Schweigen beim Essen.

In der Schule werden die Kinder unter anderem mit Filmen aufgeklärt, deren Inhalt ich hier leider nicht wiedergeben kann, weil die Angaben zu verwirrend sind. Der letzte Versuch meiner Tochter, uns den Film nachzuerzählen, begann mit dem Satz: »Wenn Mann und Frau auf einen Penis treffen …«. An dieser Stelle wurde die Erzählung durch einen unkontrollierbaren Lachanfall der Anwesenden unterbrochen und später nicht weiter fortgesetzt. Das verunsicherte Kind beschloss, den Rest der Geschichte erst einmal für sich zu behalten.

Unser krampfartiges Lachen bedeutete jedoch nur, dass wir Erwachsene als Kinder nie richtig aufgeklärt wurden. Nicht im Kindergarten, nicht in der Schule, und später auch nicht. Wir waren auf praktische Erfahrungen angewiesen. Theoretische Literatur, Sachbücher zu diesem Thema gab es kaum. Ich erinnere mich nur an eine medizinische Enzyklopädie (Menschen längs und quer geschnitten, Knochen, Arterien, Muskeln), die neben der technischen Enzyklopädie (U-Boote, Panzer, Flugzeuge) in keinem Haushalt fehlen durfte.

Wie viele junge Menschen in der Pubertät interessierte ich mich damals hauptsächlich für die Konstruktion des menschlichen Gehirns, der Nervenzellen und Handgelenke. Doch diese Bibel der Biologie hatte übernatürliche Eigenschaften. Kaum nahm man den Band in die Hand, öffnete er sich wie von Zauberhand auf der Seite mit den weiblichen Geschlechtsorganen. Der Künstler, der diese Skizzen angefertigt hatte, muss unter starken Depressionen gelitten haben. In seinen gestochen scharfen Darstellungen waren die Organe derart kompliziert und unübersichtlich, dass alle U-Boote dagegen wie Kinderspielzeug wirkten, von Panzern gar nicht erst zu reden. Ähnlich wissenschaftlich war der dazugehörige Artikel. Je mehr man sich in den Stoff vertiefte, desto unverständlicher wurde er. Am Ende war man froh, so etwas nicht zu besitzen.

Diese mangelhafte Aufklärung hatte zur Folge, dass viele aus meiner Generation auch heute noch nicht wirklich wissen, wie und was. Das ist uns aber inzwischen egal.

Langweilige Kindheit

Allgemein wird behauptet, die Kindheit sei die schöns-
te Zeit des Lebens. Was kann schöner sein, als in einem
Kinderwagen durch die Gegend gefahren zu werden
und sich nichts sehnlicher zu wünschen, als eine große
Portion Erdbeereis zu essen und eine Runde Riesenrad zu drehen. In Wirklichkeit ist die Kindheit furchtbar langweilig. Alle sind nett zu dir, wollen dir dies und
jenes kaufen, gleichzeitig wollen dich aber alle erziehen,
und noch der letzte Lump kommt mit seinen Weisheiten
dahergezwitschert.

Ein Kind zu sein ist wie ein Hund zu sein. Man hat
lieb und nett zu Fremden und hingebungsvoll zu der eigenen Familie zu sein, wobei es keine Rolle spielt, was

für Menschen das sind. Man sucht sich seine Eltern nicht aus, lautet eine alte Halbweisheit, und in der Regel sind es komische Leute. Sie schenken einem Riesenlutscher zum Geburtstag und machen sich furchtbar wichtig.

Das Schlimmste an der Kindheit ist aber: Es passiert überhaupt nichts. Der Alltag ist geregelt wie in einem Kloster oder in der Armee zu Friedenszeiten. Dabei halten viele Erwachsene die Kindheit für spannend. Aber Gott weiß, wie ich mich als Kind gelangweilt habe: um acht Uhr früh zur Schule gehen. Nach der Schule ein bisschen malen, dann Fernsehen gucken. *Die verlorene Expedition* wurde im Dritten mit Untertiteln für Taubstumme jeden Tag gezeigt, jahrelang um fünfzehn Uhr dreißig. Danach blätterte ich in meinem Lieblingsbuch, spielte mit der Katze, aß Abendbrot mit meinen Eltern, guckte noch einmal kurz fern, stellte die Zinnsoldaten unter dem Bett auf, schmuste mit der Katze und schlief ein. Nichts wünschte ich mir mehr, als dass diese blöde Kindheit endlich aufhören und das richtige Leben beginnen würde. Es sah aber nicht danach aus. Die Zeit schien stehen geblieben zu sein. Unendliche Sommer verwandelten sich in langweilige Winter, nichts bewegte sich. Manchmal überkam mich die Angst, ich würde für immer Kind bleiben, mit Katze, Schule, Eltern und Fernsehen.

Erst mit Beginn der Pubertät fing die Sache langsam an, sich zu entwickeln. Die Zahnräder der Zeit drehten sich ab da schneller und schneller. Ich nahm es zuerst mit Freude zur Kenntnis, inzwischen wünsche ich es mir sogar ein wenig langsamer, aber es geht nicht.

So ungerecht vergeht das Leben, es kommt nie, wie man es sich wünscht. Aber was soll's, wir sind trotzdem zufrieden.

Ähnlichkeiten mit real existierenden Personen sind
weder vorhanden noch beabsichtigt.
Es sei denn, die Personen wollen sich in dem Buch
erkennen.

Wladimir Kaminer